日本人失格

田村淳

Tamura Atsushi

a pilot of wisdom

はじめに

2016年夏――。

僕は世界のIT企業の一大拠点である、アメリカのシリコンバレーに行ってきた。5年前まで僕のマネージャーを務めていたサトウという男に、「シリコンバレーに行ってみませんか？」と誘われたからだ。

サトウは歴代マネージャーの中でも最も優秀で、最も信頼が置けた男だった。そいつが5年前の梅雨の時期だったか、急に「淳さん、夏休みにシリコンバレーに行ってもいいですか」と言ってきたから、「いいよ、行っておいで」と送り出した。そして、その後1年ほどで、彼は吉本に辞表を出したのだった。

彼の決断を不思議に思った僕は、彼を問いただした。

「なんで辞めようと思ったの？」

「いや、あの、起業しようかと思いまして」

彼の口調から、1年前に訪れたシリコンバレーで何かしらの影響を受けたことは明白だった。その刺激を彼なりに熟成させ、ついに起業を決意したということなのだろう。優秀なヤツだったし、現場から抜けられるのは痛手だったけど、彼は勇気を持って1歩を踏み出そうとしている。ならば、気持ちよく送り出してあげるのが僕の務めだと思った。

彼の心をそこまで激しく揺さぶったシリコンバレー。そこには一体、どんな魅力があるのか。僕は常々機会があれば一度、シリコンバレーに行きたいと思っていた。

シリコンバレーでは知人の紹介と案内で、最先端企業を何社か見学させてもらった。その中でも特に印象深かったのはFacebook社だ。

会社の敷地は広大で、本社ビルの他にもレストラン、雑貨店、カフェテラスなどが建ち並び、独立したひとつの街のようでもあった。昔流行《はや》ったゲームソフト『シムシティ』の世界に紛れ込んでしまったような気分だ。その敷地内を多くの従業員が行き交い、セグウェイを乗り回す人もいて、すっげえ快適そうだった。

素直に、仕事するにはすこぶるいい環境だな、と思った。

日本ではこうはいかない。そのセグウェイにしたって、僕がテレビ局内で乗り回していたら、警備員がすっ飛んできて頑固に注意する。なぜ局内でセグウェイに乗ってはいけないのかを聞いても、「ルールだから」で押し通そうとする。

じゃあ、そのルールはなんの目的で適用されているのかと、しつこく聞き出しているうちに、警備員は上司を呼び、その上司は困惑の表情を浮かべたまま、結局は面倒くさそうに「では、許可しますが、十分に注意してください」と言ったのだ。

なんだよ、許可するってことは、明確な禁止の理由なんか初めっからないってことじゃん。ルールといっても安全確保というより、自分たちが管理しやすくするための決まり事でしかない。目的が全然違うじゃんか。

ま、それはそれとして——。

「社員同士は別に、お互いに何をやっているか気にしていません。自分がやらなければいけないことに精一杯で、他を気にしている余裕など、まったくないんです。自分や自分が所属しているグループが抱えるプロジェクトがうまくいかず頓挫してしまったら最後、それはもう自己責任になり淘汰《とうた》されていくだけですから。それが社内全体に広がっていくと、当然、業績は悪化し、現状を維持できず、この土地から出ていかなければならなくなる。

それ以外は管理することも管理されることもないんですよ」

そう説明してくれたのは、社内を案内してくれたＦａｃｅｂｏｏｋ社の社員だった。自分が成すべきことをやっていれば、あとは自由というのがＦａｃｅｂｏｏｋ社の基本方針のようだった。

だから、社員は腹が減っても、日本のように上司や同僚とつるんで蕎麦《そば》屋に行く必要もなく、好きな時間に自分の都合に合わせて敷地内のレストランに足を運び、コーラ片手にピザをパクつく。仕事に煮詰まり、より良いアイデアが生まれそうにない時はデスクを一旦離れ、敷地内にあるゲームセンター（すべてのゲーム機がタダ！）でピコピコとシューティングゲームを楽しみ、気分転換を図る。

なんでもかんでもアメリカ万歳！　と盲目的に主張するつもりはないけれど、改めてアメリカは自由で過ごしやすい国だと思ってしまった。

あと、もうひとつ気づいたことがある。

社員は会社から余計な束縛を受けず、自由に仕事に邁進《まいしん》している。その自由さゆえに一見、ミーイズムを重要視しているようだけど、実はそうではなく、根底には連帯の意識が強く根づいているように感じられた。手段はバラバラで自由でも、会社を成長させたい、より発展させたいという意識を共有している。つまり、社員はみな違った方向を向いているようだけど、連帯してゴールに向かっているわけだ。

日本では、なかなかそうはいかない。

まず、人と違うことをやらかす社員を認めない傾向が強い。僕にはサラリーマンの知り合いがいるが、彼ら曰《いわ》く、社内ではなんとなく他のみんなと一緒の発言や行動を求められるらしい。社内的には、そうすることが安定・安泰・平穏につながると考えてるみたいなのだ。

仮に他の社員と違う発想や行動を打ち出すと、ネガティブに思われたり、足を引っ張られたりすることもあるそうだ。また、運良く独創的なアイデアが採用され業績を伸ばしたとしても、他の社員から妬まれることもあるという。なんとも理解しがたい。

奇抜だろうと突飛だろうと、それこそ前例がなくても、結果的に業績をあげているんだったら問題ないはずなのに――。良い結果が出たならば、みんなで賞賛してあげればいいのに――。

どうして日本の組織は、個性よりも、みんなと同じような行動することを求めるのだろう。あるいは大勢がよってたかって〝個〟を攻撃し、潰しにかかるのはなぜなのか。

考えてみると、これらの傾向は会社や組織に限ったことではなく、この国全体に蔓延《まんえん》している気がする。

いい例が、この僕だ。

あの騒動は、僕がシリコンバレーに向かう直前の8月中旬に起きた。

ちょうどＳＭＡＰの解散が世の中を賑《にぎ》わしており、それに関して僕はツイッター上でこうツイートした。

「とても残念なことではあるけれど……解散の原因を探るのって意味があるのかな？　これまでの功績を讃えるだけではダメなんだろうか？　ただただありがとうって伝えたい」

そうしたら、彼らのファンからえらく怒られた。

「ファンはこんなんじゃ悔しいです」「意味ありますよ。大事ですよ」「ファンだから感じる違和感が拭えない」など反論が殺到。これらの意見はまだマシな方で、コメントは次第に反論の意図からそれた、根拠のない僕への人格攻撃へと発展していったのである。

これらの反論に対し、僕はさらにこのようにツイートした。

「メンバー本人たちの言葉もないのに、憶測、推測、不確かな情報だけで、情報番組が解散の原因を探ることは意味あるの？　ってことが伝えたかった――」

こうして僕なりにツイートの真意を伝えたつもりだったが、一向に炎上は収まらず、これはダメだ、どうにもならないと判断し、最終的には「僕の呟《つぶや》きでＳＭＡＰファンの方に不快な思いをさせてしまいごめんなさい」と謝罪の書き込みをしたのだ。

でも、いまだにわだかまりは残っている。

世の中が注目している話題などに、個人が自由に意見を発信しちゃいけないのだろうか。たとえその意見や主張が的外れだったとしても、いろんな意見があってもいいじゃん。それが健全な社会なんじゃないの。

なのに、そういう意見もあるのねって受け入れたり、イヤだったらスルーすればいいものを、自分と考え方が違うというだけで、よくぞまあ、あらん限りの罵詈《ばり》雑言を浴びせられるものだと思う。

あのＳＭＡＰ解散に関するツイートを書き込んだ翌日、収まらぬ罵詈雑言の嵐の中、僕はあえてこんな遠回しのツイートをした。

「布団の話です。叩《たた》きやすいところを叩く。みんなが叩くから叩く。本当に叩く場所はココですか？　よく考えて叩かないと……払うべき埃《ほこり》は払えないよ……」

いや、問題はSMAPの解散問題だけじゃなかったりする。他にもツイッター上で、たまに政治の混迷を憂う書き込みをすると、決まって「田村淳ごときが！」っていう書き込みばかりになってしまう。それじゃ何か？　タレントは政治や経済問題を真面目に考えちゃいけないのか、と叫びたくもなる。

いやマジ、息苦しい世の中だ。

そうそう、不倫騒動を起こしたベッキーもそう。そりゃ不倫は婚姻制度を考えれば、絶対悪である。その結果、当事者たちが何かしらのペナルティを食らうのは仕方がない。ベッキーもCMを降板し、テレビのレギュラー番組からも降ろされた。タレントとしては相当なペナルティを食らったと言ってもいい。

それなのに、いまだにベッキーの話題がネットを賑わすと、彼女の人間性を完全否定する書き込みが殺到する。正直、そういう書き込みをする連中は、そこまで彼女をなじる権利はないし、どうしてそれほど個人を追いつめ叩けるのか、これもまた、まったくもって理解に苦しむ。

それでも推測するに、もしかすると、自分の素性がわからないのをいいことに安全な場所から執拗《しつよう》にベッキーを叩く連中は、そうすることが社会の倫理観、道徳観を守ることにつながり、世の中のためになっていると勘違いしているのかも。だけど、その恐るべき勘違いが新たな憎悪と新たなストレスを生み出していることをわかっていない。

思うに、ネットを荒らしている人たち、有名人のあら探しに躍起となっている人たちは、毎日の生活の中で何かしらの不満や不安を募らせているのだろう。だから、それらを解消したいがために、他人にちょっかいを出す。

でも、大事なことって、安全な場所から人に矢を放つことではなく、自分なりにその不満や不安とどう向き合って消し去るかじゃないのかな。それが楽しく生きられる一番の近道だと思うんだけど——。

そういう僕もストレスを感じることがある。

自分が停滞しているな、と自覚した時だ。

ジッとしているのがイヤなものだから、興味あることには次から次にトライしていく。今ではタレント業に留《とど》まらず、吉本の意向を牽制《けんせい》しながらロックバンドのヴォーカルをやり、アイドルのプロデュースもやり、結婚式のプロデュースもして、自分のＨＰ（淳の休日）を拠点に、閲覧者同士のお見合いを計画し、秋には運動会を催す。

しまいには長年の夢だった自分のテレビ局を持つという壮大な夢の取っ掛かりとして、ＣＳ放送を舞台に自前の番組まで作ってしまった。

他にもやりたいこと、やり尽くしたいことが、まだまだたくさんある。

そのため、今は公私の区別がつかずに忙しいといえば忙しいけども、しゃにむに動けているぶん、充実しているし、けっこう幸せだ。結果的にやりたいことをやれているから、ストレスフリーの人生を歩めていたりする。

「それはでも、あなたに才能やお金があるから、いろんなことができているんでしょ」

と突っ込まれそうだが、そうじゃないんだよね。僕は単に自分がやりたいこと、やらなければいけないこと、できそうなこと、できたら楽しそうなこと、やらなければもったいないことに取り組んでいるだけ。

僕のまわりでも、こんな感じで、好きなことをやってる人は少ない。でも、みんなと違うことに不安を感じたことはない。別に悪いことしてるわけじゃないし。むしろ、他人の目を気にして我慢している人がいたら、もったいない！　と思う。

そういうふうに生きることに、特別な才能もお金もいらない。ただ、自分は何をしたいのか、何をしている時が楽しいのか。ソコを考えながら動き出せばいいだけのことだから。

ということで本書は、お節介かもしれないけど、こんな自分の日常を通して、こう考えれば、こんなふうに意識を変えていけたら、もっとラクに生きられるんじゃないのかなっていうヒントのようなものを提案できればな、と思ってる。

この世の中、思い通りにいかないことはたくさんある。でも、視点を変えることで、思い通りにいかないことでも楽しくなることもあるはず。向かうゴールはひとつじゃないし、視点を変えることによって、途中で向かう先が変わったっていいわけだし。

何よりこんな息苦しい世の中だからこそ、僕自身が本書を綴《つづ》っていくことで、自分なりに改めて大きく深呼吸したいと思っているのだ。

なので、本書では僕のことを、これでもかってくらいに明らかにしている。常日頃から僕は、この国や社会のあり方、仕事、人間関係とかに関して、こんなふうなことを考え、思っているんだけどなあ、ということを素直に呟いている。

それらはあくまでも自分の内側にあることで、いわゆる啓発書や指南書とは違う。

ただ、僕はこうしてきたから、けっこうストレスフリーな生活を送れているよ的なことを綴っていこうとは思っている。

そして、最後まで読んでくれたら、本書のタイトルである『日本人失格』の意味も、たぶんわかってくれるんじゃないかと思う。

ではでは、これまであまり語ってこなかった、僕の心の内側、奥底、側面にご案内します。

目次

第2章 サラリーマンも窮屈だ

失敗は経験値が上がる財産／成功の縮小再生産が企業も人もダメにする／
若手芸人も先人のレールに囚われてる／
電通だけじゃない、日本企業が抱える問題点／
部下を潰す上司の「自己保身」と「嫉妬」／
上司は「やってみなはれ」精神でいればいい／日本は昇進を安易に考えすぎ？／
上司に怒られたら、9割は譲るが1割は譲らない／
〝いい子ちゃん〟は〝いいサラリーマン〟にはなれる／
〝個〟を磨く環境を整える／
〝侍ハードラー〟為末大誕生の秘密／先生が子供を指導できない／
僕の才能を引き出してくれた先生／先生よりも親の教育が大事／
さかなクンのお母さんとノーベル賞・大隅教授の名言

年寄りが若い世代から金も機会も奪う国／なぜ満員電車で通勤し続けるの？／今まで当たり前と思ってたことを疑ってみる／不特定多数じゃなく、自分の大事な人に認めてもらえればそれで十分／〝淳はああいうヤツだから、ほっとけ〟と思われてるからラク／「人に認めてもらうために、自分を殺すのはアリか」／ネット時代だからこそ必要な〝ひとりディベート〟／漫画家・藤子不二雄Ⓐ先生のアドバイス

第6章　思考停止と依存体質を脱するために

怒りを溜め込むと体に悪い／そもそも責任なんて誰も取れない／怒りに時間を使うのはもったいない／「楽しそうに死んでいきやがった」と思われたい／金は〝手段〟。金儲けが夢なんてガッカリだ！／余白のない人生は苦しい／これからは学歴よりも気が利くヤツが大事／僕は本当は「城オタク」ではない／

第1章　芸能界は息苦しい

芸能界という「村社会」の息苦しさ

30代を迎えた頃、僕は芸能界に対して息苦しさを感じ始めていた。理由は芸能界が「村社会」であることに気づいてしまったからだ。

わかりやすいところで言うと、番組の制作上や付き合いなど、何をするにしても和田アキ子さんを怖がらなければいけないとか。いや、別にこれはアッコさん批判ではなくて、そうすることが昔からの芸能界のしきたり、番組作りの習慣だからとプロデューサーやタレント仲間から強いられると、「なんだそりゃっ、村社会の精神丸出しじゃんか」と反発したくなるのだ。で、そこで反発しようものなら「芸能界で生きづらくなりますよ」と訳知り顔で忠告してくる人たちがたくさんいるから、余計にげんなりしてしまう。

僕がそういう忠告に抗《あらが》いたくなってしまうのは、たぶん芸能界の師弟制度に馴染《なじ》んでいないせいもあるだろう。おかげさまで僕は、師匠という存在がいなくても世に出ることができた。だけど、昔は芸人になるには、とりあえず師匠と呼ばれる人につかなければならなかった。

そんな僕も、極楽とんぼの山本圭壱を兄貴分とするグループに属していたけれども、あれは大学サークルのノリで集まっていたようなもので、上下関係や派閥みたいなものは全然なかったからね。

それはともかく、芸能界は師匠が「黒」だと言えば、たとえ自分が「白」だと思っていても「黒」と言わなければ生き残れない世界だったのだ。お笑いの世界に限らず、料理の世界や、芸事、職人など、理不尽さを乗り越えて一人前になっていく姿を、日本社会は美化してきた。僕はそういう関係に息苦しさを感じていたから、師匠なしで世に出られたのはラッキーだったと思う。師匠がいることで、無意識のうちにその色に染まるのもイヤだったし。

芸能人は動物園の珍獣・猛獣であるべき

でも、だからといって、僕は芸能界や芸人世界の師弟制度を悪く言うつもりはまったくない。師匠の芸を、弟子が長い年月をかけて継承していくことに関してはリスペクトしている。

ただ、同時に僕は、そんな芸能界のしきたり、決まり事なんてどうでもいいとも思っている。

芸能界はとどのつまり、動物園でなければいけないと思っているからだ。それぞれが自分の檻《おり》の中で元気よくガオーッと吼《ほ》え、お客さんを楽しませてナンボなのだから。

なのに、ジワジワと周囲を固められ、「それが芸能界ってもんでしょ」とか「先輩のタレントさんたちに従わなければいけない」と諭されるたびに、僕はえたいの知れない大きな手で、鼻と口をふさがれてしまったような感覚に陥っていたものだ。これじゃまともに息が吸えない。

そんな状況に、僕はどうしても納得できなかった。

やっぱ芸能人って、犯罪はもってのほかだけど、ときにはモラルを逸脱してでも、一般人ではマネのできないことをガンガンやり続け、世間から浮いた存在でなければいけないはず。その浮いた部分に、世間は関心と期待を寄せてくれるのだ。動物園で言えば、今まで見たこともない珍獣や猛獣の檻の前にお客さんは集まってくるわけで、どこでもいつでも見られるニワトリやハトの籠には誰も近寄らない。

ただ、そうは言っても、最近は世間の風潮ってものが、芸能人をどこにでも存在しているニワトリやハトにさせたがる。テレビの世界は特にそうだ。

2ちゃんねるの意見に左右されるテレビ界

例えば、インターネットが生活に密着したことで、誰もがなんでもかんでも投稿という形で、意見や文句を言えるようになった。そのため、残念なことにテレビ番組の作り手側が、無責任な匿名の意見に振り回されるようになってしまった。

あいつの番組のしきりが生意気だとか、あのタレントが出てくると偉そうだから観たくなくなる、だとか。作り手側に番組に対する信念と自信があれば、そんな匿名の声を意識することもないのだが、どちらも持ち合わせていないのか、ネットの声や評価にいちいちビビりまくっているのが現状なのだ。

そう言えば以前、こんなことがあった。

あるテレビ番組のディレクターが、次のような提案をしてきた。

「2ちゃんねるにうちの番組のスレッドが立ちまして、あそこのコーナーをこういう感じでやったほうがウケるという書き込みがあったんです。ですから、こんなふうにやってもらえませんか」

僕は思わず、「はぁっ?」と声を出してしまった。

誹謗《ひぼう》中傷などであふれかえった2ちゃんの評価を気にしていること自体、ありえないって。いや、番組に投書などで寄せられる要望などを汲《く》み上げ、より良くするための手段として活用するならまだしも、無責任なコメントや思いつきの要望であふれる2ちゃんはダメでしょ。なんでこんな簡単なことがわからないのだろうか。あまりの腹立たしさに頭がクラクラしてしまった。このディレクターの番組に対する愛情や覚悟はどこにあるのだろう。

その時、僕はディレクターに向かって、こう言った。

「僕は2ちゃんの声なんか無視すべきだと思っています。他のスタッフに迷惑はかけられないので今日の収録には参加しますが、あなたとは、今後二度と仕事をしたくありません」

淳には何もしゃべらすな

また昔話になるけど、2010年に僕は『知りたがり!』(フジテレビ系)という昼の情報番組の金曜日レギュラーとして出演することになった。飛び込んでくるニュースや企画コーナーにコメントを加える役割だった。

当時は政治の仕組みや、社会で起こるさまざまな話題に興味を持ち始めた頃で、僕なりに生放送というライブ空間で、疑問に思ったことや建設的な意見を、積極的に口にしていきたいと意気込んでいたのである。

しかし、制作現場はそうではなかったのだ。

例えば、本番前の打合せでスタッフから、こんなことをよく聞かれていた。

「淳さんは、この事件に関してどっち側の意見ですか?」

僕は素直に「Aのほうの意見です」と答える。すると、本番に入っても、僕にその話が振られない。ヘンだなと思い、番組終了後の反省会でスタッフに、「なぜ話を振ってくれないの?」と問いただすと、

「いやあ、淳さんの意見だと、少しとんがっている感じなんですよね。今回の放送でうち

が伝えたかったのは、そっちじゃないんで」との答え。

僕は心の中で「はぁっ？」と声に出した。

それ以来、僕は本番前の打合せでシレッとウソをつくようになった。スタッフから「Aの意見ですか、それともBの意見ですか」と確認されても、その場では当たり障りのない妥協した意見を選択するようになり、本番ではスタッフの意向とは違うコメントを好き勝手に口にするようになったのだ。

そうしたら次第に、僕に話が振られる前にCMに行くタイミングばかりになってしまった。これはもう「淳には何もしゃべらすな」という、スタッフ側の思惑がみえみえの対処でしかなかった。

たぶん、当時のスタッフは僕に、常識あるコメント、誰でも言いそうなこと、たまに視聴者が関心を持つような芸人の裏話や人情味のあるコメントを期待していたのではないか。だけど、それは田村淳というタレントに意見を求めていないのと同じこと。それがわかった時点で、僕は『知りたがり！』に出演すること自体にしんどさを感じ、息苦しくなった。

だって番組を観ている人は、僕に優等生的なコメント、想定内の発言なんか求めちゃいないと思うし。こいつならきっと、本音で語ってくれるだろう、真実に迫るとんがった問題発言をぶちかましてくれるのではないか、と期待しているはず。僕はタレントとして、その期待を裏切るわけにはいかない。他の芸能人が口にするのを躊躇《ちゅうちょ》しようとも、ガオーッと吼えなければ、僕が僕でなくなる。

何より、それが田村淳のタレントとしての〝個性〟なのだから。

ナベツネさんを悪く言ったら干される?

そうそう、僕は2014年から16年の夏まで、『週刊プレイボーイ』(集英社)で「天空のブランコ　田村淳の脳内両極論」という連載を担当していた。内容はどちらにも正義や正論がありそうな話題を取り上げ、肯定派、否定派の田村淳を作り出して〝ひとりディベート〟を行い、そのふたつの意見を僕自身が吟味し、結論を出すというものだ。

それで、読売巨人軍の所属選手が野球賭博問題を起こした件を取り上げた時、「読売グループのトップである渡邉恒雄さんが何もコメントを出さないのはおかしい、それまで何かあると芸能人以上にガオーッと吼えていた御仁がそれはないいんじゃないか」

「いやいや、発言を控えたのは何かあってのことだろう」

とディベートした時に、僕は結論で「どうせナベツネさんは先が長くないとみんな思っているだろうし、ほっとけば？」といった主張を展開したのである。

あの時、いろんな人から「淳クン、大丈夫？　渡邉さんにあんなことを言ったら、日本テレビから仕事が来なくなるよ」と心配されたけど、正直「それがどうした？」と思ったものだ。ご高齢であるのは事実だし、渡邉恒雄ともあろうお人が、そこまでケツの穴の小さい人物ではないとも思ったし。こんなことで僕を排除する動きを日本テレビがしてきたら、こちらのほうから願い下げだ。

しかし、その一方で「とうとう言っちゃったのね（笑）」とか「よくぞ、みんなが思っていたことを口にしてくれた」と褒めてくれる人たちもいて、僕はそちらの意見のほうがうれしかった。

いや、そもそも僕はその他大勢のひとりになるために、山口から東京に出てきたのではない。芸能界という場所で稀有《けう》な存在になるため、そしてまた、他の人がやれないようなことをするために生きているのだ。だから、そんな僕に、毒にもならない、どうでもいいコメントを指示してきた『知りたがり！』という番組には、何も魅力を感じることができなくなっていた。ただ、あの時、スタッフに自分の意見をきちんと言わなかったことについては、ごめんなさいという思いはある。

テレビはもはや夢のビックリ箱ではない

このように、今やどのテレビ局の番組スタッフも、芸能人に牙を剝《む》かせない均質化を求めている。ＢＰＯ（放送倫理・番組向上機構）の影響力が強まっているせいかもしれないけど、番組スタッフは自分たちが面倒なことに巻き込まれないように「安心・安定の番組作り」という箱の中に芸能人を無理やり押し込めている。逆に、その箱からポンッと飛び出そうものなら、排除しようとさえするのが、テレビの現状なのだ。

そう言えば、テリー伊藤さんがテレビプロデューサーだった時代に作った伝説の番組がある。１９９１年のお正月に放送された特番『爆笑！迎春ブッちぎり　所ジョージのオールスター自動車レース大賞』だ。その番組内で行われたのが「オールスター　キャノンボール大会」で、有名人が愛車を駆り、東京のお台場から茨城県のとあるゴルフ場まで突っ走るという企画だった。

高田純次さんが「日産スカイラインGT－R　NISMO」、今や国会議員の三原じゅん子さんが「シボレー・コルベット」、漫画『サーキットの狼《おおかみ》』の作者である池沢さとし先生は「フェラーリ・テスタロッサ」に乗り込み、他にも自動車評論家の故・徳大寺有恒さんらが参加し、いざ出陣！

誰もが負けたくないと思ってしまったのだろう、公道にもかかわらずスピード違反のオンパレード。結局、プロデューサーだったテリー伊藤さんが茨城県警に出頭を命じられ、こってりしぼられたそうだ。

後年、テリーさんは言った。

「茨城県警に呼び出されたけど、別になんとも思わなかったよ。テレビの現場は面白ければ〝なんでもアリ〟だと信じていたしね。それは今でも思っている。テレビは夢のビックリ箱でなければいけないしさ」

テレビは夢のビックリ箱でなければいけない――。

僕は子供の頃からテレビっ子だったから、テリーさんの意見には激しく同意してしまう。

でも、前述したように、最近のテレビは箱の蓋が閉じられたまま、誰も何も飛び出せないようにしている。

それじゃテレビの未来はお先真っ暗……かと言えば、そうでもない。閉鎖的になってしまったテレビ業界にも反骨のサムライがいたりするのだ。

有料放送だからギリギリなことできるよ

僕は2014年4月から9月まで、『クイズ30～団結せよ！～』（フジテレビ系・日曜夜8～9時）という番組のMCを、ローラと一緒に担当していた。グループが団結してクイズに挑むスタイルが斬新で、僕自身も楽しみながら番組を進行できていた。

しかし、いかんせん視聴率が伸びない。毎週平均8～9％の視聴率だった。今思えば裏番組にNHKの大河ドラマ、日本テレビ系の『世界の果てまでイッテQ！』が並んでいたわりには、それほど悪くはない数字だったと思う。我慢してあと1クール続いていれば、合格ラインの2桁の視聴率を取るのも難しくなかったのではないか。

だけど、局の上の人たちは、我慢できずにアッサリと終了させてしまった。昔は偉い人たちも、もうちょっと我慢強かったのだが、このところ1クールの数字だけを見て、簡単にコンテンツを捨てるようになってしまった。番組を育てようという気概が、地上波では失われつつあるのかもしれない。

だいたい視聴率といっても、これほど曖昧な数字もない。どこかの家庭のテレビに装置が取りつけられ、データを取っているとまことしやかに言われているが、本当のところはどうなっているのか、視聴率調査会社にしかわからないのだ。

というか、今や観たい番組が重なった場合、一方を録画して、あとでその番組を楽しむ視聴者が多くなった。その潜在視聴者を無視して、2桁に届かないという理由で番組を打ち切られるのは、演者としてはたまったもんじゃない。

ま、それはそれとして――。

その『クイズ30～団結せよ！～』のプロデューサーがSさんだった。

以前から一緒に仕事をしていたプロデューサーで、番組が終わることを告げに来てくれた時も「淳クン、ごめんな、守れなかったわ」と言ってくれたものだ。

そのSさんが、番組終了が原因かどうかわからないが、いきなり「スカパー！」に出向

になってしまったのである。それで僕に、

「地上波でやれないことを『スカパー！』でやんない？　こっちは有料放送だから、けっこうギリギリなこともできそうなんだよ」

と声をかけてくれたのだ。

それだったら……と僕はＳさんに、こんな提案をしてみた。

シャブ芸能人としゃぶしゃぶ食いながらシャブ談義

あの頃、芸能人の覚せい剤使用が問題になっていたから、いっそのこと、手を出してしまった芸能人と「しゃぶしゃぶ」を食いながら、いろんなヤバイ話を聞いてみたい――。

Ｓさんはその提案に一瞬のけぞったが、すぐに目を輝かせて、こう言った。

「なるほど！　俺、いつの間にか腰が引けた地上波病になっていたかもしれないな。うん、わかった、やってみようよ。なんとか上の人たちを説得してみる」

と言ってくれたのだ。

最終的には、Ｓさんが「覚せい剤の怖さを知らしめることが目的の番組です」と上を説得し、なんとかGOサインが出た。それが「BSスカパー！」でオンエア中（2017年2月現在）の『田村淳の地上波ではダメ！絶対！』の始まりだった。

そこで僕は、過去に2回、覚せい剤使用で逮捕歴のある元光GENJIの赤坂晃さんと一緒に「しゃぶしゃぶ」を食べたいとリクエストした。

最初は赤坂さん側から「そんなふざけた番組には出ません」とNGの返事が来たけれども、僕が、

「あなたと〝しゃぶしゃぶ〟を食べるという企画におふざけを感じたかもしれませんが、番組の目的はソコではなく、真面目に覚せい剤の怖さを語り合いたいんです」

とスマホで撮った動画で赤坂さんに直接思いを訴えたら、ナント、ご本人から、

「淳さんの意図がわかりました。出演させていただきます」

という承諾をもらえたのである。

結果的には赤坂さんと「しゃぶしゃぶ鍋」を囲むという、なんともシュールな画が撮れた。と同時に彼から赤裸々に覚せい剤再犯の恐ろしさも聞き出せたのだ。

収録後、僕はこの企画って地上波でも十分に成立するんじゃないかと感じた。いや、そ

りゃ不謹慎は不謹慎だったかもしれない。それでも地上波のニュース番組や情報番組で取り上げられていた覚せい剤の恐ろしさよりも、よりリアルに覚せい剤使用者の苦しさ、辛《つら》さなどを伝えることができたんじゃないかと思っている。

地上波の番組にエールを送りたい

それ以降、とにかくハチャメチャな企画で『地上波ではダメ！絶対！』は攻め続けた。例えば、アダルトな一発芸を持つ人たちに集まってもらい、座るだけでアクメに達する芸を披露してもらったり、温泉芸者のお姉さんには、マジにアソコから水を噴いてもらったりだとか。

実にくっだらない企画でも、とことん真面目にやり通しているうちに、自然とネットや口コミでも番組のバカバカしさが広まり、番組開始から1年が過ぎた頃には、多くの視聴者を獲得することができたのだ。番組関係者の間では「スカパー！」の加入者を増やした大功労番組とまで評されるようになった。

めでたいことに、Sさんはその実績を認められたせいかはわからないが、フジテレビ本社に復帰。その際「戻りたくない」とダダをこねていたけど、最後は「地上波のフジテレビでも、ああいう番組が作れるように、これからも戦っていきます」と言ってくれた。テレビ業界で数少なくなった反骨のプロデューサー、Sさんの戦いを今後も僕は応援していきたいし、『地上波ではダメ!絶対!』を地上波のアンチテーゼとして、もっともっと飛び抜けた番組にしていきたい。

だからといって、僕は地上波を嫌いになったわけではない。テレビ好きは昔から変わらないし、だからこそ、外圧に負けんな、ビビんな、頑張ろうぜ、と地上波の番組スタッフたちにエールを送りたくなるのだ。

それとは別に『地上波ではダメ!絶対!』に関われたことで、改めて確認できたことがある。

それは、今いる場所が居づらいのであれば、とっとと新天地に行っちゃえってこと。

これはテレビ業界に限ったことではないけども、自分のいる場所がしんどくなってきたのなら、一旦、ソコから離れてしまえばいいと思う。執着する必要はどこにもない。とりあえず離れてみて、遠くからその場所を眺めてみれば、何かが見えてくるかもしれないし、辛くなった原因がわかって、解決の手段も見つかるかもしれない。何よりソコに留《とど》まることで発生するストレスを抱え込まずに済む。

僕を例にすると、もはや地上波では夢のビックリ箱を作りづらい状況にある。そのせいで息苦しくもなっているのだが、少し横にズレてBS・CS放送に場を移してみたら、まだまだビックリ箱を作れる余地があったということだ。

僕は自分のことを芸人だとは思っていない

ところで、テレビ局のスタッフが、芸能人に均質化を求めてるとさっき言ったけど、実は近頃は、カッ飛んでいなきゃいけない芸人たちのほうも進んで均質化してきている。芸人同士で飲みに行くと、如実にそれがわかってしまう。

自然とこんな感じの会話になるのだ。

「今はこういう笑いが面白いと思うんだけど……」

「ああ、俺もそう思ってた」

「だよね、そうだよね。そのラインに沿って笑いを取っていけば、間違いないよね」

なんだろう、この違和感は。こういう会話をそばで聞いているのは、すっごく居心地が悪い。なんかこう、みんなで「今これが面白いんだよね？」と探り合っているというか。要は〝面白協定〟みたいなのを自分たちで作り上げ、その枠の中にいればスベることなく安心みたいな雰囲気があったりするのだ。

いや、そうやってみんなで確認し合いながら作る笑いは、やっぱそれなりに面白いよ。僕も嫌いじゃないし、視聴者も喜んでいる。でも、そんな〝面白協定〟の枠からハミ出た笑いというのも存在しているわけで、僕はそっちのほうに、より魅力を感じてしまう。

ところで、そろそろキッパリと宣言しちゃったほうがいいと思うんだけど、実は僕は芸人じゃない。世間的にはそう映っているかもしれないが、僕的には自分のことを芸人だとは思っていない。

僕の中で芸人というのは、ネタを作り、板（舞台）の上でその芸を披露する人たちだ。そういうことを僕は、これからすることはないと思う。相方の亮さんはまだ、自分が芸人であるとこだわっていたりするけども、僕にはないから。

「じゃあ、なんだ、お前の職業は？」と問われれば、大雑把に言えばタレントのジャンルに入るのかな。司会者と言えば司会者なんだけども、結局のところ〝テレビを生業《なりわい》にして楽しいことを追求する人〟ということになるのかも。今のところ、それ以上でもそれ以下でもないような気がする。ただ、テレビに出ていろんなことに取り組んだり、ワーキャー騒ぐのは大好き。そこはデビュー当時からブレていない。

やっぱり、どこかで芸人という枠の中で均一化されることに、もの凄い抵抗感があるんだろうね、僕自身に。芸人とかタレントであるとか、そう決めつけられた時点で息苦しくなってしまう。そうではなくテレビによく出ている得体の知れない人、何をしでかすかわからない人じゃダメなのかなあ。レッテルを貼らんでもいいでしょ。

どうも日本人っていうのは、肩書きがないと当惑する傾向が強いというか、信用してくれないよね。現実的にフリーランスの人には銀行も喜んでお金を貸してくれないし。だけど、大事なことは肩書きではなく、その人が〝何をやっているのか〟〝何をしようとしているか〟じゃないの。

なんにせよ、その自覚があるから余計に〝面白協定〟には違和感を覚えてしまうのかもしれない。最近はだから、芸人さんたちが〝面白協定〟の確認をしだすと、ごめんね、僕はそっちの人じゃないんで、と心の中で手を振っていたりする。

1歩踏み出したピース綾部に拍手を送りたい

そんなお笑い業界に、うれしいニュースが飛び込んできた。ピース綾部祐二のアメリカ進出だ。英語がしゃべれるわけでもないし、まともな演技の下地もないのに、それでもヤツはニューヨークでコメディ俳優を目指すそうだ。

このニュースを耳にした時、正直やられた、というか刺激を受けた。村社会の輪から飛び出し、ココではないどこかで自分を活《い》かしてみよう、と真剣に考え始めたヤツが出てきたことに安心した。

綾部の決断の裏には、相方の又吉直樹の存在があったのは間違いない。芸人なのに芥川賞作家という、これまでどの芸人も成しえなかった偉業を実現した相方が隣にいる。綾部の心の中には、嫉妬という言葉では表現できないほどの焦りがあっただろう。

自分はどうすべきか。さんざん悩み考えた末の結果がアメリカ進出だったと思う。

そういう意味で、芸人仲間から激しく突っ込まれ、ネットでは毎度お馴染みの「綾部ごときが！」と批判を食らっているけども、彼の行動に僕は賞賛の拍手を送りたい。

今いる場所から1歩を踏み出してみる、踏み出そうとしている。それを実際やるかどうかが、その人間の魅力につながっていくのではないかと思う。

ということで、僕は近頃、とんと芸人仲間たちと酒を飲みに行っていない。前述したように「この笑い、面白いよね？」っていう〝面白協定〟に付き合うのはまっぴらごめんだから。答え合わせができないものこそ面白いという感覚が持てない人たちと飲んでいても、建設的な意見は出てこないし。

第2章　サラリーマンも窮屈だ

失敗は経験値が上がる財産

前章で、芸人仲間と飲みに行かなくなったって話をしたけど、その代わり最近は、起業している若き実業家の連中と飲むことが多い。無意味に群れずに、己の才覚と度胸でビジネス界に切り込んでいる彼らと語り合っていると、いかに日本の企業――テレビ局だけじゃなく芸能事務所や芸能界全体も――が、集団や秩序を最優先して〝個〟をないがしろにしているかがよくわかる。

それはシリコンバレーでも強く感じたことだ――。

僕が訪れたＦａｃｅｂｏｏｋ社では、上司からあれやれ、これやれと指示される社員なんてひとりもいないという話だった。社員も、どんなアウトプットするか、どんな努力をすれば会社のためになるか、また、どうすれば自分の能力をアピールできるかを考え、実行に移している。だから、日本の企業では考えられないことだけど、使えない上司は部下の突き上げを食らい、辞めさせられてしまうケースもあったりする。

一方、日本では、例えば、Ａというプロジェクトがスタートする場合、全体で何度も会議を行い、意思統一を図ってから動き出そうとする。なかなかプロジェクトが動き出さず、無駄な時間が過ぎていくこともあるという。

サラリーマンの友人によると、会議ばかりが続き、それだけで1日が終わってしまうこともざらにあるそうだ。その会議も有意義なものならまだしも、誰も何も発言しない（できない？）こともあるそうで、こうなると生産性もへったくれもない。

結局のところ、会社側は集団で意思統一したほうが失敗が少ないと思い込んでいるのだろう。あるいは、集団で決めたほうが、問題が起きた時に責任の所在が曖昧になり、誰も傷つかないと考えているのかもしれない。

逆にアメリカでは、A案でやると決めたけれども、B案も捨てがたいから、B案の提案者を責任者にして取り組ませることもあるという。こうなるとB案をやりたいと願っていた社員は必死こいてやる。もちろん全員一緒に動いていないため、失敗した時はその社員が責任を負うことになるけども、その失敗した時こそ、アメリカっていいじゃん！　と思うような話があった。

冒頭で紹介したFacebook社の社員によると、上司は失敗した社員に、こんな感じのことを言うらしい。

「そうか、失敗してしまったか。じゃあ、キミはなぜ失敗してしまったのかを自分なりに分析し、その答えを次の仕事に反映させる。同じ失敗を繰り返さないようにすればいい。失敗は次のステップへ進むための大切な財産。こうしたらうまくいかないことがわかったわけだし、仕事の経験値も上がった。あとは処理しておく」

そう言われたら、失敗した社員もストレスを抱えず、心も折れずに次の仕事にアタックできる。上司との信頼関係も以前より強くなる。失敗の教訓を糧に、次のプロジェクトで挽回《ばんかい》できれば、自信もつくし、会社側の業績も上がるってものだ。

成功の縮小再生産が企業も人もダメにする

残念なことに、日本の企業ではそうはならない。

日本では、失敗した時に財産が得られるとはあまり考えない。だから、失敗しない方法、成功してきた方法を教え込もうとする。上司や先輩たちの成功例をマネさせようとする。だけど、成功例を受け継ぐだけでは新しい発想は生まれてこないし、〝成功の縮小再生産〟

にしかならない。結果的にはジリ貧になっていくだけだ。

大企業ほど、この傾向が強い。大企業はこれまでのやり方が成功してきたから大企業になった。人間、成功してきた方法を変えようとは思わないし、それにダメ出しもできない。この方法ではもうダメだと思ってても、先人のやり方を否定できないから、身動きが取れなくなる。一流企業の粉飾決算や東京都庁の豊洲問題も、そういうことなんじゃないかな。

昭和の時代は経済が右肩上がりだったから、成功例の踏襲でも良かったけど、これだけ景気が下がり続けていると、新しいことに踏み出せる企業しか生き残れないんじゃないかと思う。新しい価値観や考え方を企業が組み込んでいかないと、この閉塞状態からは脱せないような気がする。

では、新しい価値観や考え方をどうやって組み込めばいいのか？

それは新入社員や若い人たちに、成功の方法論を押しつけてマネさせるんじゃなく、彼らの発想をどうやって活用するかを考えればいいんじゃないかな。

でも、若い人たちも、自ら進んで上司の顔色を見たり、会社のやり方に合わせようとしているみたいだけど……。

実は、同じようなことは芸人の世界にも言えて、〝面白協定〟を求めてくる仲間たちばかりか、後輩たちも、自分たちの可能性を埋もれさせているなあ、と考え込んでしまったことがあったのだ。

若手芸人も先人のレールに囚《とら》われてる

知り合いのディレクターに頼まれ、ある若手芸人たちが主役のトーク番組にゲスト出演した時のこと。収録が終わり、彼らが僕と飲みたいというので付き合った時に、矢継ぎ早に質問を受けたんだけど、その質問内容が「どうやったら売れますか?」はいいとしても、「どうすればテレビで自分の冠番組が持てますか?」だとか「どのようにすれば長くテレビに出演できる芸人になれますか?」といったものだったのには呆《あき》れてしまった。テレビに長く出演していくことがサクセス・ストーリーだった時代はとっくに終わっているというのに、まだそれに囚われてるのか……。僕は苛立《いらだ》ちを抑えられなかった。

例えば、テレビのキー局の番組で笑いを取る——それは、先人たちがすでに作り上げたレールだ。そのレールに乗っかっているうちは、先人たちの笑いを超えることなんかでき

やしない。だから僕は、彼らに向かって、

「キミたちにはキミたちなりの新しい価値観や生き方があってもいいのに。上の人たちのやっていることを受け継いでいくだけじゃ何も生まれてこないでしょ。というより、受け継ぐってことは、上の人を守ることにつながるんだぜ。いつまでも上の人たちを安泰にさせておくなよ、逸脱しろよ。

別にいいじゃん、突飛なことをして上の人から怒られても。世間が笑ってくれれば、その人の冠番組から降ろされてもいいじゃん。本当にわかっている上の人たちは、救いの手を差し伸べてくれるから。だいたい、他の誰もやっていないことをやるからこそ価値があって、そこから新しいムーブメントが生まれてくるのに、キミらの話を聞いていて、なんかもう、若いくせにすっげえガッカリだよね」

と言ってしまった瞬間、ちょっと待てよ、と思った。もしかしたら、近頃の芸人のテレビ至上主義みたいなものに、僕も加担しているのかもしれないと考えたからだ。なんでもかんでもテレビ、どうにかして自分の冠番組を持ち、天下を取りたい——僕も若手の頃、そう思ってがむしゃらだった時期がある。そんな僕の後ろ姿を見て、彼らが1歩を踏み出せず、僕らのテレビでの成功体験から抜け出せずにいるとしたら、ガッカリどころか、僕のほうこそ彼らに謝らなければいけない。

イヤだけど、僕もいつの間にか権威になっているんじゃないか。

イヤだなあ、それだけは。

若手のみんな、こんな薄っぺらい権威なんか蹴飛ばして、自分の思ったように生きてほしい。自分たちだけのレールを作って、思いっきり走ってほしい。その姿を僕は見て楽しみたい。キミらの頑張っている後ろ姿を。ライバルとして……。

電通だけじゃない、日本企業が抱える問題点

ま、それはそれとして——。

企業に話を戻すと、2016年、大手広告代理店「電通」の新入社員が自殺した事件が話題になった。上司からのパワハラもあったようだ。その悲惨な事件を受け、ついに労働基準監督署が動き、世界の電通はいろいろと調べ上げられ矢面に立たされた。

その過程の中で、1951年に4代目社長の吉田秀雄氏が、社員の心得として書き遺《のこ》し

た『鬼十則』なるものが明るみになった。

1／仕事は自ら創るべきで、与えられるべきでない。

2／仕事とは、先手先手と働き掛けて行くことで、受け身でやるものではない。

3／大きな仕事と取り組め、小さな仕事は己れを小さくする。

4／難しい仕事を狙え、そしてそれを成し遂げるところに進歩がある。

5／取り組んだら放すな、殺されても放すな、目的完遂までは……。

6／周囲を引きずり回せ、引きずるのと引きずられるのとでは、永い間に天地のひらきができる。

7／計画を持て、長期の計画を持っていれば、忍耐と工夫と、そして正しい努力と希望が生まれる。

8／自信を持て、自信がないから君の仕事には、迫力も粘りも、そして厚味すらがない。

9／頭は常に全回転、八方に気を配って、一分の隙もあってはならぬ、サービスとはそのようなものだ。

10／摩擦を怖れるな、摩擦は進歩の母、積極の肥料だ、でないと君は卑屈未練になる。

いやはや、ご立派な社員への心得ではある。でも、やはり1951年に書かれたものを2016年まで後生大事に受け継いでいるのはヘンな気もする。

いや、吉田社長はいいこと書いていると思う、ホントに。1なんか素直にうなずけるし。ちなみに社員自殺の引き金になったのは5だという説もあるけど、それでも書かれている内容は鬼でもなんでもない。サラリーマンとして当たり前の気構えである。何より日本が高度成長期を迎える直前の、サラリーマンたちの〝一丁、やったるぜ〟といった気概が感じられるではないか。

問題なのは、この『鬼十則』が時代とともに変質していき、次のような『裏十則』というものが生まれ、今やこちらのほうが正統な社訓として受け継がれているって話もあることなのだ。

1／仕事は自ら創るな。みんなでつぶされる。

2／仕事は先手先手と働きかけていくな。疲れるだけだ。

3／大きな仕事と取り組むな。大きな仕事は己に責任ばかりふりかかる。

4／難しい仕事を狙うな。これを成し遂げようとしても誰も助けてくれない。

5／取り組んだらすぐ放せ。馬鹿にされても放せ、火傷をする前に……。

6／周囲を引きずり回すな。引きずっている間に、いつの間にか皆の鼻つまみ者になる。

7／計画を持つな。長期の計画を持つと、怒りと苛立ちと、そして空しい失望と倦怠が生まれる。

8／自信を持つな。自信を持つから君の仕事は煙たがられ嫌がられ、そしてついには誰からも相手にされなくなる。

9／頭は常に全回転。八方に気を配って、一分の真実も語ってはならぬ。ゴマスリとはそのようなものだ。

10／摩擦を恐れよ。摩擦はトラブルの母、減点の肥料だ。でないと君は築地のドンキホーテになる。

これは電通の元社員だった吉田望さんが、パロディとして作ったものらしいのだが、シャレだと笑っていられないのは、電通に限らず、他の企業でも『裏十則』がまかり通ってるんじゃないかということだ。もはや『裏十則』ではなく、堂々と『表十則』になってたりして。でも、これを社訓に仕事してたら、余計なストレスを抱え込むだけだと思うんだが。

部下を潰す上司の「自己保身」と「嫉妬」

それにしても、どうしてこんな事態になってしまったのか。

繰り返しになるけれども、やはり日本企業の多くが、社員の〝個〟を認めないからなんじゃないかな。この『裏十則』で言えば、1、6、8、10が如実に物語っている。

では、なぜ日本の企業は〝個〟を認めないのか。

その原因のひとつに、上司の「自己保身」があると思う。

部下に新しいことや思いもよらない提案をされてもよくわからないし、それを許可して失敗した時に、自分が責任を取らされるのがイヤなのだ。それを避けるため、「前例がない」という言葉で部下のチャレンジ精神を萎えさせてしまう。「前例がない」ところにビジネスの金脈が眠っているかもしれないのに、前例を継承させ、部下に過去の成功体験を押しつけようとする。

継承というのは、歌舞伎などの古典芸能を除き、結局は〝個〟のオリジナルの能力を封印させるし、上の人間の立場を守る行為でしかない。自分が計算できないことは安心できないばかりか、「前例がない」ことをされて成功されたら、その方法を思いつかなかった上司の立場がなくなるから、せっせと成功の方法を押しつけているだけだ。

あるいは、過去に一部上場企業でこんな話があったという。

デッサン能力に長《た》けた新入社員が入ってきた。面接の段階から自己アピールとしてデッサンを披露していた。結果、見事に入社を果たし、画力を活《い》かせる宣伝部に配属となった。ここまではいい。しかし、彼にとって不幸だったのは、直属の上司が元画家志望の男だったのだ。

彼のデッサンを見て「自分とは画力のレベルが違う。こいつに目立つような仕事をされたら、画力があると社内で評価されている自分の立場がなくなる。そんなの冗談じゃない」ということで、入社1年目は制作に従事させず、2年目はなんやかんやと難癖をつけ、総務部に異動させてしまったのである。

自分のデッサン力を活かした仕事をしたいと入社してきた彼はやる気をなくし、最終的には異動直後に辞表を出し、改めてデッサン力を磨くため、ニューヨークに移り住んでしまった。もし、彼が入社後すぐに、他人にはない優れたデッサン力という〝個〟を認められていたら、そのセンスで広告のグラフィック面で優秀な作品を作り上げ、会社に多大なる貢献を果たしたかもしれない。

その可能性の芽を上司の「嫉妬心」が摘んでいく。部下の〝個〟の能力を自分の保身のために無慈悲に狩っていく。なんともやるせなくなる。

日本の企業はこんな感じで、「自己保身」と「嫉妬」で部下を押さえつける歴史を繰り返しているんじゃないのか。

上司なんてもんは、部下の〝個〟を認めて上手にマネージメントし、手柄を横取りせず、いかに業績に直結させるかを考えるだけでいいのに。さらに言えば、もっと上のほうの人たち、会長なり社長なり経営トップの人たちは、下の連中に四の五の言わずに、単に活躍の場を〝与える〟だけでいい。それが理想的な会社組織だと思うんだけど。

こんなことを言うと「お前は会社勤めをしてないくせに、何がわかる」というお馴染《なじ》みの「〜のくせに」軍団の声が聞こえてきそうだけど、会社に勤めていないから逆に見えてくること、こうしたほうがいいのになあ、と提案できることもあると思う。

上司は「やってみなはれ」精神でいればいい

企業の上の人たちは活躍の場を〝与える〟だけでいい、という言葉で思い出されるのが、サントリーの創業者である鳥井信治郎さんの言葉だ。それは、

「やってみなはれ　やらなわからしまへんで」

鳥井さんがこの言葉を発した当時は、きっと「ほな、やらしてもらいまっせ」とやる気になった社員も多かったんじゃないかな。だけど今、上司と部下の間で、どれくらいこんな掛け合いができているんだろうか？

上司から「新しいことを好きなようにやってみなさい」と言われても、部下はむしろ困るだけかもしれない。今の若い人たちは、上からあれしなさい、これしなさいって指示さ

れた業務を実行するのは得意だろうけど、自ら何か発案するのは苦手みたいだし。

まあ「前例がない」って言っては、部下のやる気を摘んできた上司がたくさんいるだろうから、「好きなようにやれ」と言われて、下の人間が「そう言われても、何をどうしたらよいのかわかりません」となるのも仕方ない気はするけど……。

こんな話がある。

日本のあるビールメーカーが部下の視野を広げるために、1年間の留学制度なるものを施行しようとした。留学といっても、自転車で日本一周してもいいし、アメリカやヨーロッパに語学留学してもいい。その間は有給として給料も出る。なんにせよ、その1年間で得た経験を仕事に反映させ、会社にフィードバックしてくれればよいという太っ腹な提案だった。

しかし、その制度を利用した社員は、いまだひとりもいないという……。

僕なら喜んで世界一周の旅にでも出るのに、やっぱ若い連中は自由を怖がっているのかもしれない。それか「いいえ、休むことよりも会社のために時間を惜しんでバリバリ働きたいんです」と言うヤツのほうが出世できると思い込んでいるとか。

サラリーマンの知人によれば、最近は特に勤務態度を減点法にしているらしいから、有給を使っての世界一周なんて大減点、出世に響くと思っているのかもね。実際に日本の企業ではそういう〝会社命〟のヤツのほうが出世しているみたいだし。サラリーマンの方々は一度、よく周囲を見渡してごらんよ。そんな上司がいるでしょ。

日本は昇進を安易に考えすぎ？

でも、そもそも上司は、新しい試みや部下の仕事に向けての冒険心を、今までのやり方とうまく組み合わせて、新たな方法論を作り出すべきなんだよね。減点法なんか無視して。シリコンバレーでは、できない上司は部下から突き上げを食らうとさっきも言ったけど、日本の上司は年功序列のせいなのか、能力がなくても〝会社命〟のほうが偉くなれたりする。無能のほうが出世するって話もあるくらいだ。

そんな無能な上司が自己保身のために、優秀な部下を押さえつけるなんて、ビジネス的にも組織論的にも最悪だよね。

日本では勤続年数や、同期であまり差がつかないようにという配慮で、昇進が決まるところがある。昇進を言い渡されるほうも、長年勤めた功労賞だと思っているのか（それとも自信があるのか）、すんなり受け入れる。そこには上に立つ者としての能力や見識、資質の有無はあまり関係ない。こういう昇進のさせ方が、ダメ組織が生まれる元凶なんじゃないのか……。

会社で不思議なのは、ある仕事で実績をあげた社員を、ご褒美で（？）出世させることだ。その仕事をそのまま続けさせたほうが、会社の利益になると思うんだけど。出世させ上司にしたところで、上司としての才能があるかはわからないのに。「名選手、名監督にあらず」という言葉もあるじゃないか。

それはともかく、もし〝会社命〟の上司が自分の仕事にダメ出ししてきたら、なぜダメなのか、いちいち説明してもらえばいい。本書の冒頭で、僕がテレビ局内でセグウェイに乗ってたら警備員に注意された話をしたけど、あんな感じだ。

その説明が納得いくものだったら、あきらめもつく。もし納得できる説明をしてくれない時や、とにかく自分の言うことを聞けとしか言わない上司は、仕事ができないヤツだと、さっさと見限ったほうがいい。

ちなみに昇進と言えば、思い出すのがうちの親父だ。

実は親父、それなりのキャリアを重ねていたから、幾度となく会社から昇進の打診をされていたのに、そのつど断ってたわけ。

理由は現場が好きだから。現場に携われない管理職なんか冗談じゃないって。

でも、とうとう外堀を埋められ、定年1年前にして昇進を断れない状況になったんだけど、親父はなんと、現場にいられないなら辞める！　と辞表を出してしまったのだ。

当然、かあちゃんは大激怒。そりゃそうだ。あと1年我慢して会社にいれば、退職金も規定通りもらえたんだから。当時、高校生だった僕も、うちの親父、頭がおかしいんじゃないかと呆れたもんだ。

でも、今の僕なら理解できる。いや、現場にこだわり続けた親父をカッコいいとさえ思っている。

現場にこだわり、やりたいことをやり続ける。

間違いなく親父の血が僕に受け継がれている。

上司に怒られたら、9割は譲るが1割は譲らない

そう言えば、僕もそれなりに稼いでいる所属タレントだというのに、会社から怒られてばっかりだ。何せ誰もやったことのないことをやりたがる性分だから、それが会社の方向性とズレていた時には叱られてしまう。ウエディング事業に手を出した時もかなり怒られたし、勝手に「スカパー！」で『田村淳の日本国憲法ＴＶ』という10分間の番組を開設した時も、えらく怒られてしまった。

会社は基本的に僕をマネージメントし、プロデュースするのが仕事だから「勝手なことすなっ！」と怒るのも理解できなくはない。だから、とりあえず上の人の説教には素直に耳を傾けてはいる。そうしないと、せっかく説教している人に申し訳ないし。

ただ、こちらの戦略として、怒られている内容をまんま受け入れることはしない。９割は「わかりました、気をつけます」と言うけども、残り１割は譲らないようにしている。

そのやり方は、怒られている最中に、自分がどうしても譲れない部分に話が及んだ際に、すかさず「でもですね」と相手の説教の腰を折る。そこで、

「僕はこう思っているんです。会社の言うことはごもっともですが、僕自身がさらに飛躍していくために、そこだけは認めていただけませんか」

と語りかけると、上の人も「ん?」という表情になり、次第に「仕方ないなあ、お前がそこまで言うなら」と、その1割の部分を認めてくれるのだ。

それで1割認めてもらえれば、次は2割、3割と増やしていく。ただし、割合を増やすのはそこまで。それ以上求めてしまうと、会社のほうが「調子こくな!」となってしまうから。

というか、3割でも十分に好きなことをやれるし、そうすると仕事において、つまらないストレスを抱え込まずに済むんだよね。


〝いい子ちゃん〟は〝いいサラリーマン〟にはなれる

ま、それはそれとして——。

「好きなようにやってみなはれ」と言われ、下の者が「マジっスか。じゃあ、やらせてもらいまっせ」と言うことができるようになるには、どうしたらいいんだろうか?

僕が思うに、新入社員が会社に入ってから教育しても遅い……というか、そんな社員にはなれない気がする。そもそも研修って、新入社員を会社の色に染めるためのものだし。それに、就職活動の段階から、まわりと同じような格好して行動して、内定取るために成功の方法論をマネしてるんだから、変わるのなんて、もともと無理か……。

となると、小学校くらいから、自分という〝個〟をきちんと認識させ、大事にする教育が必要かもね。自分の好きなもの、嫌いなもの、得意なことをわからせて伸ばしていく。人に合わせなくても、自分を殺さなくてもいいんだと思えるようにしていかないと、上から言われたことをひたすら従順にやったり、まわりを見て動くだけの社会人になってしまうんじゃないか。

だいたい、学校で10年以上も、先生や親が期待する〝いい子ちゃん〟でいたのが、社会人になって、自分の頭で考えて行動するように変わるなんて厳しいでしょ。小学校から先生が求める平均的な〝いい子ちゃん〟でいた人は、今度は、会社が求める平均的な〝いいサラリーマン〟になっちゃうから、「じゃあ、好きなようにやらせてもらいます」とはならないよね、そりゃ。

“個”を磨く環境を整える

ちょっと前に、幼稚園や小学校の「仲良し徒競走」ってのが問題になった。1位、2位を決めずに、足の速い子はゴール前で待っていて、遅れた子が追いついたところで、みんなで手をつないでゴールのテープを切るというやつ。報道では、これについて学校側はこのように説明していた。

「まずは、いじめの芽を摘むため。足の速い子はどうしても遅い子を見下すようになってしまう。それが結果的にいじめにならないように配慮したのです。次に、ひとつのことをみんなでやり遂げる素晴らしさを教えたかったから。何事も友達と協力し合いながら、ひとつのゴールを目指すのは教育上、大変に重要なことだと考えております」

ツッコミどころ満載のお答えだ。当時、僕のように「はあっ？」と思った人も多かっただろう。だいたいさ、いじめの芽を摘むって、どうなんだろう。その考えからして教育者のみなさんは変えていかなきゃ。だって、人が3人集まれば派閥はできるし、当然、いじめも起きる。それはもう人間の生存本能と関わってるところだから、変えようがないし、未然に防ぎようもない。

だとしたら大事なのは、いじめが起きた後に、どう子供たちを指導していくかじゃない？　ソコじゃないの、親も先生も知恵を出し合っていかなければいけないのは。

とりあえず「みんなで手をつないで仲良しゴール」を実践している幼稚園や小学校が、広がらなかったのは喜ばしい限りだ。この流れの延長で、先生が子供たちに〝個〟を意識させ、磨くきっかけにもなればいいいと思う。

例えば、「仲良しゴール」で足の遅い子を待っている子供には、先生が、「キミは足が速いね。だったら、もっと速く走れるように練習したらどうだい？　もしかすると、将来はオリンピックの選手になれるかもしれないぞ。打倒、桐生、追い抜け、ケンブリッジだ！」

とでも言えば、その子は走るのが速いという〝個〟を意識するようになる。

そこからどう〝個〟を磨くかは、その子自身のやる気と、周囲がどう準備を整えてあげられるかだが、まず大事なのは走ることが楽しいって環境だろう。そこで練習を重ねたら、本当にオリンピックに出場できる選手になれるかもしれないし。

じゃあ、足の遅い子には、どう声をかけるか。それはその子がどんな学校生活を送っているか、先生たちがちゃんと見守っていればわかることだ。

足は遅いけど、率先してクラスの掃除を丁寧にやり遂げている生徒がいたら、

「キミは足が遅いけど、さぼらずにきちんと掃除をしてくれるね。それはとても尊いことなんだ。足が速いのと同じくらい素晴らしいことだよ。そう言えば、キミは昆虫が好きだったね。今度、クラスでカブトムシを飼ってみようか。もちろんキミが世話係だ。幼虫から飼育してみよう」

とでも言えばだよ、その子のコツコツやり遂げるという〝個〟から自信が花開き、枝葉を伸ばすことによって、さらなる可能性が見えてくる。

つまり〝個〟を磨くには、勉強みたいに、ある一定の方向にみんなを向けるのではなく、その子の能力、性格、特性、好み……を見ながら、いろんな方面にチャレンジすることを良しとする環境と労力、温かい目が必要なのだ。そうすれば、子供たちも〝やらされている〟というストレスを感じなくて済む。

教育現場には、そういう大人たちの見守る視線が大事なんだと思う。

〝侍ハードラー〟為末大誕生の秘密

その大人たちの見守る視線で思い出すのは、さっきのオリンピック選手の話じゃないけども、男子400mハードルでシドニー、アテネ、北京と3大会連続でオリンピックに出場した為末大さんの話だ。あるインタビューで為末さんは、こんなふうに言っていた。

「私も陸上を始めた頃は、100m走でオリンピックを目指していたんです。でも、100m走は陸上の一番の花形で、足が速ければ誰もが参加したくなる。目立ちますからね。その分、競技人口が多すぎて、日本人の場合はそれこそ神に選ばれた人間しか残れない。私も学生の頃に、だんだんと自分の才能に疑問を持つようになったんですよ。どう頑張っても、どんなに努力してもタイムが伸びない。当然、記録会に出場しても勝てない。

あの頃は悩んでばかりいたし、才能のなさに自分で呆れ果て、そのせいでストレスを抱え込み、一時期は体調を崩したくらいなんですね。それがある時、大学の陸上部のコーチが『お前の走るスライドの感覚はハードルにうってつけだから転向してみないか』と助言してくれたんですよ。それからですよ、パッと視界が開けたのは。しかも、ハードルって人気がないんです、足が引っかかって転ぶと痛いですし（笑）。他の人があまりやらない不人気の種目でしたから、いきなりトップに出られて勝てて、その繰り返しで自分に自信を持てるようになったんですよ。

だから、当時のコーチに感謝しかないです。そっちは人気で人が押し寄せているから、チャンスが少ないぞ、だったら、こっちに来なさい、と導いてくれましたし。しかも、ちゃんと私の練習を見守っててくれていて、ハードル走に合うと的確な判断もしてくれましたしね。コーチがアドバイスをしてくれなかったら、私はとっくに陸上を辞めていたでしょう。３大会連続でオリンピックに出場できていません。

私もこれから指導者として、若い連中にいろんな道があるんだよ、こっちの道もあるし、あっちの道もある。キミの前にはいろんな道があるんだよって、たくさんの可能性を見せてあげられたらいいですよね」

うん、そういうことなんだと思う――。

でも、世の中には為末さんを見守り続け、適切な判断を下せた指導者のような人ばかりじゃないんだよな。というのも、現場の先生たちの劣化が激しすぎるからだ。子供たちを見守るより先に、自分が教師として子供たちと、どのように対峙《たいじ》してよいのか迷っている先生ばかりなのが現実みたいだし。

先生が子供を指導できない

僕は請われてリクルートのアプリ制作の会議に審査員として出席したことがあるんだけど、そこで提示された企画に驚いたことがある。

ナント、現場の先生の多くが「どうやって生徒に教えたらよいかわからない」「子供たちにとって何がいい先生なのかわからない」といった悩みを抱えているらしい。そこで実現はしなかったけど、現場の先生のために「こんな授業をすると、子供たちは喜んでくれる」というような内容のアプリのアイデアが出されたのだ。うわっ、そこまで先生たちはリアルに苦しんでいるんだと恐ろしくなった。

今の先生たちって自分に自信が持てないせいで、子供らにいろんな道を示してあげる前に、波風立たないような、子供たちの冒険心を削《そ》ぐような、画一的な授業や指導しかできないんじゃないかと思う。あとは親や教育委員会から突っ込まれないように、ビクビクとその場をやり過ごそうとするとか。あるいは、問題が起こらなさそうな道を提示しておけば、余計な気苦労もしなくて済むし、子供たちを把握しやすくもなると勘違いしているのかもしれない。

結果、先ほども言ったように、子供たちは〝均一化された、いい子ちゃん〟に育っていく。その〝均一化された、いい子ちゃん〟がまた、食いっぱぐれのない安定した職業として教師を選択するものだから、さらに〝子供たちに何を教え、どうやって導けばよいのかわからない〟先生がどんどん増えていく、と。

こりゃもう、救いがたい負のスパイラルじゃないか。

こうして、自ら何かを発想する、新しいことにチャレンジする楽しさを知らずに、高校や大学を卒業してしまい、均一化された社会人が誕生してしまう。いわばスーパーマーケットに並ぶ、均一のパックに納められた卵のような連中が社会に出荷されていくわけだ。

また、企業もパックに納まりきれない規格外の卵は採用しようとしない。

そうなると、喜ぶのは会社で待っている〝会社命〟の上司たちだ。自分を脅かす発想も持たず、新しいことに挑戦するのを怖がり、拒否してしまう社員が入社してくるんだもん。

そりゃ苦労せず先人たちの成功例だけを押しつけやすい。

このスパイラルも救いがたい。これじゃ学校と職場が、無個性の生産バトン・リレーをしているようなもんだし。

こんなんじゃ日本は、これから何も成長できないんじゃないだろうか。怖がらずに、もっともっと新しい価値観を求めなきゃダメなんだけどな。

僕の才能を引き出してくれた先生

〝子供たちに何を教えたらいいのかわからない〟先生は、まずはとにかく子供たちを見ていればいいと思う。ひたすらに。で、子供たちひとりひとりが何に興味を示し、どんなところに喜びを見出して、どんな状況の時に悲しむのか。そこをちゃんと見守ることができれば、けっこう立派な先生だよ。

そうやって目を凝らして見続けていけたら、自然と子供たちの〝個〟が見えてくるはず。あとはその〝個〟の磨き方を、子供たちと一緒に楽しみながら考えていけばいいと思う。

見ているだけって簡単そうだけど、実はとっても忍耐力が必要で、難しかったりする。

だけど、その積み重ねが必ず、最悪のスパイラルを断ち切る手がかりになるんじゃないかと思っている。

いや、でも、そう考えていくと、僕はけっこう幸せな少年時代を過ごせたのかもしれない。小中学校、高校時代の12年間を通して、3年ぐらいは僕をよく見てくれていた先生に当たったから。たった3年だけど、そんな先生がいたおかげで、僕は自分の才能や好きなことに気づくことができたんだし。

今でも思い出すのは、小学校の担任の先生だ。

誰も信用してくれないだろうけど、当時の僕は足が速かったのだ。ウソじゃない、マジだって。それで僕の足の速さを認めてくれた先生は、次にこう言ってくれた。

「お前は足が速い。朝からランニングしたりして努力していることも知っている。すでに足が速いんだから、もうそこには時間を取られなくていい。その分、お前には時間の余裕があるってことで、もうひとつ得意なことを見つけたほうがいいぞ」

そう言われて僕は、もうひとつ何かやってみようかなと思い、ミニバスケに取り組み始めた。今もそうだけど、バスケをやってる男子って、女子からキャーキャー言われるじゃん。小学生の頃からバリバリに女子を意識していた僕にとって、黄色い声をもらいたいがためにバスケを始めるのは当然のことだったんだよね。

実際に取り組んでみると、これが面白い。バスケ仲間もできたし、女子たちからも少しは意識してもらえるようになったから、すっげえ良かった。

で、そのうち先生がこんなことを言い出した。

「いい感じでバスケをやっているみたいじゃないか。じゃあ、次に文科系の何かをやってみたらどうだ？　今ランニングとバスケ、ふたつやっているけど、まだまだ時間に余裕があるんだろ？　いや、あるはずだ。それだったら、次は吹奏楽部か読書クラブに入れよ」

そこで僕は答えた。

「いやあ、吹奏楽部はちょっと……」

すかさず先生は言った。

「じゃあ、読書クラブな」

「はい……」

その一言で僕は読書クラブにも入ることになったのだが、結果的に読書好きの人間になってしまったから、それはそれですっげえ良かったのだ。

先生よりも親の教育が大事

ただ、本来は学校の先生よりも、まずは親がしっかりと自分の子供を見ていなければいけないと思う。学校に行くようになると、決まって親は「なんでもいいから、部活に入りなさい」と言うじゃない？　とりあえず何かの部活に入ってさえいれば、そこでやりたいことが見つかるんじゃないかと安易な希望を抱いちゃってたりする。

でも、それって、教育や子供の才能の伸ばし方を、学校に丸投げしているだけじゃん。親は、当たり前のことだけど、赤ちゃんの頃からその子を見ているわけで、体を動かすのが好きなのか、それとも機械いじりが得意なのか、子供の好き嫌い・得意不得意がわかっているはず。

だったら、子供が楽しそうにしてることとか、才能ありそうな未来に導いてあげたらいい。先生はひとりで30人、40人の生徒を見ていなければいけないが、親と子は究極のマンツーマン、もっときちんとフォローしてあげられるでしょ。

一方、親のエゴで子供に強制的に何かをやらせるのは良くないという意見もある。いわゆるステージママみたいなこと。自分が叶《かな》えられなかった夢を子供に強制的に託すっていうか。

僕の同期であるペナルティー ワッキーも、子供にサッカーをやらせている。自分が高校、大学とサッカー部で汗を流してきたから、その面白さや素晴らしさをわかっているぶん、子供にもやらせたいんだろう。あわよくば自分が成し遂げられなかったサッカーの高校日本一、大学日本一まで駆け上がってほしいと願ってるんじゃないのかな。だけど、笑ってしまうのが、ワッキーが僕に見せてくれた息子の練習風景を映したＶＴＲ。

息子、イヤそうにサッカーボールを蹴ってやがんの。無理やりサッカーをやらされているのがみえみえ。なんだよ、息子はイヤがってんじゃねえかよ。

マジ、あれには腹抱えて笑った。

だけど、それからしばらく経ったあとに、また息子の練習風景を映像で見せてもらったんだが、今度は格段にボール扱いがうまくなっていて、楽しそうに仲間たちとグラウンドを走り回っていた。それはワッキーが親として息子ときちんと向き合い、サッカーという球技が面白いと思えるところまで導いてあげたからだと思う。強制は悪いイメージのほうが強いけども、ワッキー親子のように、子供が楽しくなるまで辛抱強く導いてあげるのも親の大切な責任なんだと思った。

さかなクンのお母さんとノーベル賞・大隅教授の名言

２０１２年に「海洋立国推進功労者」として内閣総理大臣賞を受賞し、２０１５年には東京海洋大学から名誉博士の称号を授与された、さかなクンもそう。彼のお母さんは、こんなエピソードを残している。

小学校時代は授業中でも魚の図鑑に見入っていて、ちっとも授業に身が入らなかったさかなクン。その授業態度に激怒した先生は、お母さんを学校に呼び出し、

「絵は素晴らしいけれど、他の勉強もしてください」

と注意したらしい。しかし、お母さんは毅然《きぜん》とこう言い返したんだそうだ。

「うちの子は、とっても魚が好きなんです。しかも、魚の絵も上手に描けるんですよ。それだけで十分じゃないですか」

お母さんは、さかなクンが何に興味を示し、何をしている時が楽しくて幸せなのかをずっと見続けていたんだろう。他の教科を学ぶのも大事、でも、それ以上に感受性が豊かな子供の時期にこそ、自分が楽しい、面白いと感じたことに目一杯、好きなように取り組ませることのほうがもっと大事だと言いたかったのだと思う。

先生は、お母さんの言葉に反論できなかったらしい。というより、その後のさかなクンの活躍や幸せそうな姿を見れば、お母さんの息子との向き合い方は間違っていなかったことがわかる。親の子供に対する教育とは、こういうことを言うんじゃないだろうか。

裏を返せば、その担任の先生は、さかなクンの〝個〟を見抜けず、可能性も見出せなかった。前述したように、何かに飛び抜けた生徒よりは、均一的な、どの授業も真面目に受ける〝いい子ちゃん〟を受け持ったほうがラクだと考える先生だったのかもしれない。

日本の教育では、みんなが同じような知識を持つことがいいことだと思われてるみたいだけど、学ぶって、まんべんなくではなく、何かに突出しててもいいわけで。

さかなクンのお母さんの、先生に対する毅然とした姿勢は、２０１６年のノーベル医学・生理学賞を受賞した東京工業大学の大隅良典名誉教授の言葉を思い出させる。

受賞後初の講演で、大隅教授は言った。

「人と違うことを恐れずに、自分の道を見極めて突き進んでほしい」

続けて、こんなことも言ったという。

「これこそが日本人の弱点だと思うんですが、みんな一緒、みんなと一緒であることが心の平和だと思い込んでいる。それは絶対的な間違いであり、人の成長を止めます」

今の世の中、どうも人と違うことをするのは〝悪いこと〟のような雰囲気が漂っているけど、大隅教授の言葉には改めて勇気づけられる。

それにしても、僕はいつ頃から「みんなと一緒」であることに疑問を抱き、誰もやらないことに強い興味を示し、激しく動き回る人間になったのか。どうして小学校時代の担任は「あれやれ、これやれ」と僕の背中を押してくれたのだろう。

次は僕がどのようにして、こんなふうになってしまったのかを振り返ってみることにしよう。

第3章　田村淳はどのようにして誕生したか

先生の矛盾を追及するために、児童会長に立候補

振り返るに、僕にはっきりとした自我のようなものが芽生えたのは小学校時代だった。とにかく目立ちたい、人の前に立ちたいという欲求が強い子供だったのだ。そんな子供が5年生の時に、児童会長に立候補することになる。立候補の動機は、先生がいつも注意していた「廊下を走るな」だった。

この注意がすんげえ納得できず、大嫌いだったのだ。

僕はあの頃、いつも疑問に思っていたのだ。先生たちは休み時間終了のチャイムが鳴ると「急いで教室に戻りなさい」と言う。だけど、廊下を走ると「こらっ」と叱る。これって矛盾してんじゃんかよ、と思っていた。

今だったら、口八丁手八丁でガチガチに理論武装して先生たちをやり込めるけど、5年生の僕にはまだそんな力がなかったから、児童会長になって、先生たちの言い分の矛盾を正してやろうと思ったのだ。

それまでは、成績が良くて素行も良い生徒が、先生に推薦される形で児童会長に立候補

するのがふつうだった。だから、僕みたいに別に勉強ができたわけでもなく、矛盾を追及し、学校側に改めてもらいたいという一点だけを公約に掲げて立候補したのは初めてのことだった。

田舎の小学校の児童会長選挙ではあるけれど、僕はちゃんと選挙活動を行った。朝、校門の前にたすきをかけて立ち、登校してくる下級生に向けて「清き1票をお願いします」と頭を下げた。なぜか同級生に、意味もなくカッコつけだけで秘書業務も頼んでいた。自分で言うのはなんだけど、ちょっといかれた小学生だったかもしれない。

結果は、先生方が推薦する優等生たちを蹴落とし、見事トップ当選！

僕は先生たちが困惑している中、児童会長に選ばれた挨拶で「廊下は時と場合によって走ってもいいことにします」と高らかに宣言した。学校側に僕の要望を飲まざるをえないように持っていったのだ。

この経験で、僕は自分が1歩動けば何かが変わることを学んだような気がする。

そして「廊下は時と場合によって走ってもいい」と選挙公約を掲げたことでもわかるように、どうも僕は当時から、効率性や合理性を求める子供だったようだ。

学校中の女の子にモテるためにしたこと

例えば、学級会でのアンケートの取り方。こういう時って、学級委員が1票1票、票を読み上げて黒板に正の字を書くけど、そんなもん、そもそも紙に書いてあるんだから、いちいち読み上げず、誰かがささっと集計して結果を発表すればいいいんじゃんと思ってた。

では、どうして合理性とか効率性を求めてしまう子供になってしまったのか。

実は僕、それほど勉強好きではなかったくせに、小学校4年生の時に学習塾に通いたいと言い出したのだ。それも国語、英語、数学、理科、社会の5教科。それにプラスして、ソフトボール部やミニバスケ部にも入部。それから習字に、あとはピアノも習いたかったんだけど、母親に「そんな金、どこにある！」と言われ断念……。

しかも、家がそんなに裕福ではなかったから、母親から「そんなに塾に行きたいのなら、自分で授業料の安いところを探してきなさい」と言われ、けっこうあっちゃこっちゃ安い塾を探し回った記憶がある。

では、なぜ学習塾に通いたかったのか。

それは単に、学校の授業以上の知識を得ることで、他の同級生よりも優位に立ちたかったからだと思う。学校の授業より先にいろんなことを知ることで同級生に対し、「えっ、お前、そんなこと知らなかったの」と言いたかったんだろう。

それとやっぱ、女の子たちにモテたかったから。

それもひとり、ふたりじゃなく、限りなく多くの女子から「淳クンって、学習塾に通ってなんでも知ってて、バスケもうまくて、すっご～い」と羨望の眼差《まなざ》しで見られたかったのだ。マジ、学校にいるすべての女子が僕のことを好きになればいいのになって、真剣に思っていたくらいだし。いやはや、ホント、いかれた小学生だった。真面目な話、あの頃から、どうすれば女子にモテるのかと試行錯誤していたのは確か。それは奥さんや娘がいる今でも変わっていない。

そういうモテたい、あれしたい、これしたいという欲望に関しては、わりと素直に行動に移していたと思う。何事においても、描いた目標に向かって貪欲に成し遂げようとしていたし。そういう意味では、何をどうすれば実現できるかってことを常に考えていた子供だったんじゃないかな。その考えるクセは今でも薄れることなく続いている。

小学5年生で、つくばとディズニーにひとり旅

そう言えば、これも小学5年生の頃の話だけど、どうしても「つくば科学万博」と「ディズニーランド」に行きたくなったことがあった。で、母親に相談したところ、毎度お馴《な》染《じ》みの「そんな金、どこにある！」と言われ断念……せずに粘りに粘ったら、母親も折れて「じゃあもう、ひとりで行っといで」となったことがあった。

旅館を母が予約し、山口からの行き方が書かれたメモを渡され、リュックサックを背負って鉄道を乗り継ぎ、ひとりで〝万博〟と〝夢の国〟へと旅立ったのである。今から考えてみると、自分でもよくぞまあ、ひとりで行けたもんだと感心する。それだけ〝こうしたい〟という欲望に対しては、ひたむきだったんだろう。いや、ひたむきというより、やっぱちょっといかれた子供だったような気がする。

そんないかれた子供に、親はとにかく「他人に迷惑をかけるな」と言い続けていた。今思えば、それが唯一の躾《しつけ》だったかもしれない。それはでも、裏を返せば「それさえしなければ、あとは何をしてもいいってことだ」と子供ながらに解釈していた。この親の言葉は、

今でも何かを仕掛ける時や、物事を考える時の基準となっているし、重要なブレーキとなっていたりもする。時々、ブレーキが甘くて迷惑かける時もあるけど……。

僕はこうしていじめを克服した

母親については、こんな思い出がある。

小学校4年生の頃だ。僕は他の子供と比べて、それなりに活発だったし、いわゆるクラスの人気者のポジションにいた。

それがある日突然、いじめに遭ってしまったのである。

同級生からのシカト攻撃だ。それまではクラスの人気者の僕のまわりには、いつも同級生たちがたむろっていたのに、みんなして僕に話しかけなくなった。いじめなんてもんは、誰かが計画的にやろうと言い出すわけではなく、なんとなく仕掛けるほうの気分次第で急に始まってしまうってことを、あの頃知ったような気がする。

シカトもイヤだったけど、さらには黒板消しで頭を叩《たた》かれたり、机の引き出しの中に給食の残り物、パンや腐った牛乳を撒《ま》き散らされたこともあった。それでも僕は2カ月間ぐらいは耐えた。いじめの嵐が過ぎ去るのをひたすら待った。ある日突然、始まったいじめなんだから、またある日突然、終わるかもと祈っていたのである。

しかし、一向にいじめの嵐が止《や》むことはなく、ついに僕は決起した。速攻でホームセンターにチャリを飛ばし、木片と鎖を購入。当時、憧れていたジャッキー・チェンが主演映画で使用していたようなヌンチャクを作り上げたのだ。それで翌朝、教室の前に立ち、僕をいじめていた連中ひとりひとりに怒りのヌンチャク攻撃！　ボッコボコにタコ殴りしてやった。

そうしたら、殴られた連中が親たちを連れて家にやってきて、その親たちは僕と母親に向かって「うちの子に、なんてことをしてくれたんだ」と猛抗議。

驚いた母親は、まず僕に確認した。

「淳、お前がやったのか、ケガを負わせたのかい？」

僕はこれまでの事情を説明した。

「うん、ヌンチャクで殴った。けど、こいつらがいじめてきたから、やり返したんだ」

「わかった。淳、友達に謝りなさい。理由はどうあれ、ケガをさせたのは事実なんだから、ちゃんと謝りなさい」

「ごめんなさい」

「で、アンタたちもいじめをしていたんだから、淳に謝りなさいっ！」

母親はそう怒鳴りつけてくれた。その迫力と正論に、親も同級生たちもぐうの音が出ず、頭を下げて謝ってくれた。僕は内心「かあちゃん、カッケええ！」と思ったものだ。そして、親って何があっても自分の味方で守ってくれる存在なんだ、と安心できた。その最大の味方が「他人に迷惑をかけちゃいけない」と言うのだから、教えはちゃんと守らなきゃいけない。

何はともあれ、その日以来、淳をキレさせたら怖いと思われたのか、ピタッといじめはなくなった。

僕はいじめを我慢した。でも、どうにもならなかったから、暴力という、やってはいけない行為ではあったけど、自ら動いてみた。1歩を踏み出してみた。その結果、違った風景が見えてきた。この手応えがたぶん、翌年の児童会長選挙につながっていったんだと思う。

ちなみに、この世界に入って帰省した際、母親に「あの時のかあちゃん、カッコよかったよね。ほら、いじめっ子たちとその親にガツンと言ってくれたじゃん」と言うと、当の本人は「へっ？　そんなことあったかねぇ」とまったく覚えていなかった。せっかく「かあちゃん、カッケええ！」と思っていたのに、なんだかなあ。

小学生時代からセルフプロデュース&マネージメント

そうだ、それとは別に——。

学習塾や習字、ソフトボールにミニバスケを習っていたのには、もうひとつ大事な理由があった。

1日というタイムスケジュールの中で、予定が埋まっている自分が好きだったのだ。忙しくしている自分をなんとなくカッコいいと思えたというか——。放課後、サラリーマン用語で言うところのアフター5を充実させることで、学校以外の場所で、もうひとりの〝田村淳〟を築きたいって気持ちがあったんだと思う。

それだけ習い事をしていれば、ふつうは遊ぶ時間なんかない。でも、当時の僕はあそこを切りつめて、あのルートで塾に行けば時間を短縮できる。それでその時間をかき集めてフルに利用すれば、友達と遊べるじゃん……。そんな感じで、自分の行動を計算しながら時間を捻出し、実行に移したり考えたりするのが好きだったのだ。

要するに、僕は小学生の時点から、自分で自分のプロデュースやマネージメントをしていたということだ。

小学校の担任は、僕が自分で時間を管理したり捻出できると見抜いていたんじゃないかな。だから「あれもやれるなら、これもやれるだろ?」と、いろんな可能性の道を広げていってくれたのだろう。

自分を俯瞰《ふかん》で見られる小学生

そういう学生時代の僕をひと言で表すと〝したたか〟になるのかもしれない。

小学校から女子の視線をムチャクチャ気にしていたけど、中学生になると、先輩女子にも自分がどう思われているか、どのように映っているかがすっげえ気になってた。もちろん男子の先輩も気になっていたというか、いかに可愛《かわい》がられる存在になれるかを考えながら行動や発言をしていた。

だって、仕方ないじゃん。先輩に睨《にら》まれたりいじめられたりすると、小学校の比ではないくらい、学校生活がしんどいことになるのはわかっていたんだもん。そのため、どんなにイヤだなあと思う先輩でも、なんとか懐に入り込んで、どうすれば可愛がってもらえるか研究してたなあ。

うちのような田舎って、当時はまだバリバリのヤンキー文化があり、ヤンキーかふつうの一般生徒かに単純に分けられていた。僕はヤンキーにはなりたくなかったけど、目をつけられたくもなかったから、うまく連中との距離感をつかもうとしていたと思う。

そこでたどり着いたのが、自分の存在意義。

いつも元気ハツラツで明るくて、淳がいると場が持つ、その場が妙に和むといったところを、ヤンキー連中に認識してもらうように努力していた。夜に家を抜け出して、公園でダベったりもしたし。ま、ソコしか僕の売りはなかったとも言うか。

だけど、ヤンキーじゃない友達もいて、漫画の話をしたり、好きなアーティストやバンドのレコードの貸し借りもしていた。そいつらとはよく映画も観に行った。つまり、僕は当時から、両方のグループに属していた〝こうもり〟人間だったのだ。その特性を活《い》かして、両方の橋渡し役というか、余計な摩擦が起きないように調整に走っていたこともある。

例えば、ヤンキーのひとりが一般生徒を気にいらないと言って、いじめをしそうな時は、表立ってかばうと今度は僕がいじめられるから、そのヤンキーと仲のいい先輩ヤンキーにそれとなく根回しして、一般生徒へのいじめを回避させたこともあった。

たぶん、そういう子供離れした気配りみたいなのができたのって、小学生の頃から自分をセルフプロデュース＆マネージメントしていたからだと思う。他の子よりも自分のことを俯瞰して見られていたし。だから、自分の置かれている状況や、自分に求められていることを常に把握できていたと思うし、それは今の仕事にも活きていると思う。

どう振る舞えば大人が喜ぶかわかっていた

今でも覚えていることがある。

部活でサッカーをしていた時に、延長戦で相手チームにゴールを決められ、負けた試合があった。なのに僕はちっとも悔しくなかった。正直なところ、勝とうが負けようがどっちでもいいとさえ考えてた。クソ冷めている子供だったと思う。

それどころか、負けた瞬間に、オーバーに悔しいリアクションを取ったり、泣いたりしたら、監督やコーチ、応援してた親たちにはウケがいいんだろうな、喜ぶんだろうな、とか考えていた。自分でも可愛げのないガキンチョだったと思うけど、よく言えば、自分の〝個〟を認識しつつ〝和を重んじる〟子供だったというか。

そういうガキンチョだったからこそ僕は、政治家の小泉進次郎さんが、相当に〝したたか〟というか〝食えないヤツ〟と思っているのだ。彼もたぶん、子供の頃から自分のことを俯瞰して見られたんじゃないかな。政治家の息子として自分をセルフプロデュースし、どう振る舞えば、まわりの大人や有権者たちが喜ぶかを知ってるんだと思う。もちろん、自分がどう動けば株が上がるかってことも。

だからこそ、今でも毎月11日に、「東日本大震災を忘れてないアピール」として、東北に足を運んでるんだろう。いやいや、その行動は立派ですよ、なかなかできるこっちゃありません。でも、そうすることで、自分が政治家として人の目にどう映るか計算してる匂いがプンプンするんだよなあ。

影響を受けた番組①『天才・たけしの元気が出るテレビ!!』

ま、進次郎さんのことは置いといて――。

小学生の頃から、僕はテレビに出たいと思ってた。それもお笑いの世界からテレビに出たいと考えてた。何せ中学入学するのとほぼ同時に、お笑いの相方を探し始めてたりしてたくらいだから。

いや、だって、テレビに出るためにはどうすればいいのかと考えた時に、ジャニーズは無理だとわかっていたし、役者も難しそうだ。となると、残るはお笑いか音楽になってしまう。一応、高校からバンドらしきものは始めたけど、冷静に見て、それも無理だろうな、とよくわかった。

そうなると、ネタを作り、とりあえずどこかの劇場に出してもらい、そこを基点にしてお笑い系の事務所に引っ張り上げられ、テレビにたどり着くのが一番の近道じゃないかと考えたのだ。小学生の時から効率よく合理性を求めてきた僕からしても、それがベストの選択だと思えた。

ではなぜ、小学校時代に僕は〝テレビに出る人〟になりたいと思ったのか。

振り返るに、あの頃よく観ていた『天才・たけしの元気が出るテレビ!!』（日本テレビ系）の影響が大きいと思う。今でも『元気が出るテレビ』の名場面を収めたＶＨＳを捨てられずに持っている。エンペラー吉田（牛を連れていたおじいちゃん）の入れ歯が、しゃべっている最中に自然とポロッと取れちゃったりだとか、そういう場面ではいつも笑い転げていた。

そうそう、その名場面集の中でも抜群に面白かったのは、演歌が好きな少年がマルシアさんに思いを告げに行くって回だ。その少年が坂の上の木の陰からマルシアさんが現れるのをずっと待ってて、本当に彼女が登場した瞬間、「それ、行け！」と急《せ》かされた彼は、必死に坂を駆け下りる。でも、足がもつれてスッテンコロリ。それでも少年はゴロゴロと坂を転がりながらも体勢を立て直し、マルシアさんのもとへ——。

いやはや、スッ転んだ時は「うわっやべえ」って、観てるこっちがハラハラしたけど、そのひたむきさが逆に笑いを生み出していた。観ているこっち側も、少しは番組上の演出が入っているとわかりつつも、ドキュメンタリーって予期せぬハプニング的な笑いが取れるんだ、とも思ったものだ。

他にも、健気《けなげ》に愛を告白する「幸せの黄色いハンカチ」といったハートフルなコーナーもあって、笑いあり涙あり、何が飛び出すかわからないドキドキ感もあり、これぞテレビのバラエティ番組なんだなって思わせてくれてた。こんな〝半ドキュメンタリー〟が楽しかった。

あの頃はまだ、地上波のテレビ番組が、ビックリ箱の時代だったと思う。

自分の冠番組、例えば『ロンハー』でも、ネタコントよりも「ブラックメール」のような〝半ドキュメンタリー〟的な企画を好むのは、『元気が出るテレビ』の衝撃がいまだに頭のどこかに残っているからかもしれない。

影響を受けた番組②『ねるとん紅鯨団』

そういう意味でいうと、とんねるずさんの『ねるとん紅鯨団』も影響を受けていた番組のひとつ。当時からズバ抜けてたもんなあ、石橋さんと木梨さんの素人いじりのテクは。

何せもう、どこにでもいるボ〜ッとした素人さんでも、あのふたりがお見合いという舞台に引っ張り上げた瞬間に、調子に乗せたり落としたりして、最高のオモシロ人物、あるいはヒーローに仕立て上げ、大河ドラマのような感動を作り出してしまうんだから。

あの「ちょっと待った〜〜〜!!」でスタートする男どものドキドキ、泣き笑い、悔しさのドラマは、たまらんかった。これぞ〝半ドキュメンタリー〟バラエティ番組のリアルなスリリングさ、想像もつかないハプニングの面白さを、僕に教えてくれたような番組だった。

だから、僕は勝手に『元気が出るテレビ』や『ねるとん紅鯨団』のテイストを引き継いで……というか自負を持って番組に取り組んでいる。

そう言えば、どちらの番組もプロデューサーはテリー伊藤さんだった。ということはやはり、テリーさんの「テレビは面白ければなんでもアリ」の言葉は正しかったのだ。

新人時代から売れる方法を研究

そして、高校を卒業して芸人になろうと思った僕は、東京に行くか大阪にするか迷うんだけど、山口なのでとりあえず大阪を目指し、一度、近畿建設という会社に就職する。まずは大阪での足場を作ろうと思ったのだ。

ところが、幸か不幸か、入る直前にその会社は倒産。そのことで踏ん切りがついた僕は、憧れもあり、東京へやってきた。

そこからすったもんだがあったけども、吉本に入り、僕はすぐに、中学、高校時代にヤンキーの先輩方に対してやっていたような〝研究〟に入った。売れている先輩たちをよく見て、なぜ売れたのかを考えたのだ。

その研究成果はすぐに出た。売れてる理由は、吉本の社員が彼らを売ろうと努力して、あっちゃこっちゃ率先してテレビ局を回ってくれてたからだ。

そりゃそうだよね、ネタは面白いけど、楽屋ではツンケンしていて、人間的には最低じゃんと思う人には、社員は近づかないし、誰も味方になってくれないよ。新人の頃は、ああいう先輩にはなりたくねえって思ったもんだ。

そして僕は、この研究を活かし、何かをしたい時には必ず事務所を巻き込むようにしていた。ペナルティはじめ同期の連中と新人だけのライブをした時も、ファンの人たちにというより、事務所の人たちに認めてもらいたくて開催したようなもんだし。

あの頃、すっげえ聞いたもん、マネージャーに。どうすればオレらのことを認めてくれんのって。マジ、あの頃は生意気だったと思う。単なる若手がマネージャーに「僕らのことをどう売りたい？」「どうすれば売れると思う？」って詰問していたんだから——。

ここにも小学校時代から培ってきた、効率よく合理的に活動していきたいという衝動が反映されているんだろう。

MC技術を参考にした芸人さん

こうして、トントン拍子で売れてきて、ロンドンブーツ1号2号は、早いうちから冠番組を持つようになった。冒頭で師匠に弟子入りしたことがないという話をしたけど、弟子入りしなかったことが、むしろ良かったのかもしれない。

師弟関係は好きじゃないそんな僕だけど、この世界に入ってから、参考にした芸人さんは何人かいる。特に、明石家さんまさん、島田紳助さん、ダウンタウンの浜田雅功さん、今田耕司さんのMC技術は、いいところをパクリながら、番組を進めたりしていた。

具体的に言うと、さんまさんなら、相手が少しでも面白いことを言った瞬間、本気で笑ってあげるところとか。さんまさんが大袈裟《おおげさ》に笑ってくれることによって、バラエティやトーク番組に出演経験の少ないゲストは、安心するんだよね。あ、これでいいんだ、と。そうなると、気持ちに余裕ができて、さらに面白いことを言うようになる。結果、番組は盛り上がる、というわけだ。

テレビのトーク番組って、観覧者がいる時は、彼ら彼女らが笑いの温度計になるからいいんだけど、そういう人たちがいない時は、ＭＣが笑ってくれるかどうかで、ゲストは自分のトークがいいのか悪いのか、判断するしかない。

なので、そういう場合は、僕もさんまさんに倣って、大きな口を開けてゲハゲハ笑うようにしている。

ただ、番組をよく観ている人はわかると思うんだけど、僕って場を盛り上げるために必要以上にガハガハって笑うことがある。もちろんトークが面白くて本気で笑うこともあるけど。その違いってテレビを観ていればけっこうわかるもんだよ。今度から僕が仕掛けて笑っているか、本気で笑っているか、その違いも楽しんでもらえたらうれしいかな。ま、ウソでも本気でも、それでゲストが安心してくれたら、あとはこっちのもん。発言をいじり倒し、視聴者のみんなが喜んでくれるようなトークに発展するまで待つため、収録時間が長くなることが多い。

それでもゲストの緊張が解けずに、どうにも発言が噛《か》み合わない時は、先輩たちがしてきたように、ちょっとでもウケる発言があったら、そこを逃さず椅子からわざと崩れ落ちたりとか。そこまですると意外と相手は高揚し、いろいろしゃべり出す。そのうちトークのリズムが合うようになり、いい連鎖が生まれるものだ。

ちなみに、紳助さんや浜田さんは、相手を追い込む型のMCで、話がまとまらなかったり、オチまで導けない場合は、さっさとトークを打ち切っちゃう。どんどん相手を追い込むことで、気の弱い人は焦ってしまうせいか、思いもよらないことを口走り、結果、スタジオと茶の間は爆笑に包まれる。そういう時のスタジオの雰囲気は濃密で、収録時間は短く終わってしまう。

どっちの進行がいいのか、これまで両方試してみたけど、やっぱ、僕って追い込み派じゃないんだよね。相手の良さが出るまでジッと待つタイプだと思った。

ただし、収録に狩野英孝がいる場合は違う。とことん狩野を追いつめる。そのほうが狩野の面白さを引き出せるし、狩野の言葉のハプニングも期待できる。でも、僕の基本はあくまでも受けのMCということになるかな。そっちのほうが、うん、自分でも合っていると思う。決してMCがうまいとは思わないが、人よりも話を聞くのがうまいMCだとは思う。

第４章　『一隅を照らす』生き方

最澄の言葉『一隅《いちぐう》を照らす』

前章で述べた、子供時代のセルフプロデュースやマネージメントと言えば、今となって、あ、そういうことだったのかも、と思い当たることがある。

当時は女子からの熱い視線を浴びたい、モテたいという大前提はあるけども、もしかするとその裏側で、僕は知らず知らずのうちに、自分のことをよく知ろうとして学習塾に通い、習字も習って、運動もしていたのではないかと思うのだ。

自分はどの教科が強いのか、弱いのか。そもそも勉強が好きか嫌いか。足は速いけど球技はどうなんだ……と可能性を探っていく。そうやって自分が何をしている時が楽しいか、しんどいか、ストレスを抱くのか、感動するのか、幸せなのか。それこそ何をしている時だったら、踏ん張れるか、投げ出してしまうのか。どこにどう自分の可能性は転がっているのか。

それらをひとつひとつ実行に移し、確認することで、小学生だった僕は、自ら〝田村淳のプロデューサー&マネージャー〟となり、効率よく合理的に〝個〟を見つけ出し、磨こうとしていたんじゃないかと思う。

それで思い出すのが、ある言葉だ。

それは日本の天台宗の開祖である平安時代の僧、伝教大師・最澄が『天台法華宗年分《ほっけしゅうねんぶん》学生式《がくしょうしき》』という上奏文に遺《のこ》したこの言葉である。

『一隅を照らす』

わかりやすく説明すると、

「自分自身が置かれたその場所で精一杯努力し、明るく光り輝くことのできる人こそが、何事にも代えがたい貴い国の宝である。また、ひとりひとりがそれぞれの持ち場で全力を尽くして光れば、やがてその小さな光が集まって日本を、世界を、地球をも照らします」

ということだそうだ。

ホント、閉塞状態が続く今の日本に向けて、大切な何かを気づかせるにはうってつけの言葉じゃないだろうか。

まずは自分が〝何者〟かを知る

ちなみに、僕的な『一隅を照らす』の解釈はこうだ。

まずは自分が〝何者〟であるかを知ること。まだなんの実績もないとか、成し遂げたものがないから、自分が〝何者〟であるかわからない、と思う必要はない。

ここで言う〝何者〟は、自分は何が好きか嫌いか、どういうことに感動するか、泣くか、怒るか、許せないか、あるいは、ズルイか、セコイか、しっかりしてるか、だらしないか、エロいか……そんなことでもいい。とにかく自分がどんな人間かを、良いところ悪いところ、丸ごと含めて認識することだ。

そして、その中でも、絶対に変えたくない、譲れない自分の〝核〟みたいなものをはっきりさせる。この〝核〟は、触れられると怒ったり、悲しくて泣いたり、好きで好きでたまらないみたいな、感情的になってどうしようもない部分と思えばわかりやすいかな。

そうして、自分の〝個〟を認識し、その〝個〟を磨くことによって、自分のやりたいこと、やれること、やらなければいけないことも見えてくる。それらに必死こいて取り組んでいるうちに、人は明るく輝き『一隅を照らす』ことになる――。

自分を知れば人に振り回されないで済む

思うに、そうやって〝個〟を磨くことを意識して生活を送っていれば、人に嫉妬したり、僻《ひが》んだり、恨んだりすることもなくなるんじゃないだろうか。自分の好きなこと、楽しいことをやってると、他人のことなんか気にもならなくなるし、他人と比較する必要もなくなってくる。

そもそも、みんな違う人間なんだから、得意不得意、向き不向き、能力の違いはある。それに優劣や順位をつけることに意味があるんだろうか？　あるいは他人がその優劣をつけたり評価するとして、そのことに振り回されたり一喜一憂したりして、それって自分を否定したり、人生を左右するような大事なことなの？

そういうことを気にしてるから、失敗できない、したくない、失敗したら自分が悪いんじゃない、人のせい、家族のせい、恋人のせい、会社のせい、世の中のせい……自分以外に原因があるんだって言い訳しちゃうんじゃないの？

僕は小学生時代から自分のことをよく考えてて、今でも〝個〟を磨いている最中なので、あまり他人のやっていることに嫉妬心を抱かない。すげえなって思うことには、素直に拍手を送るし。

自分がやりたいこと、自分しかやれないことを追い求めているから、他人からどう賞賛されようとあまり気にしていない。もちろん、賞賛されたら素直にうれしいけれども、賞賛されるために自分の行動を曲げようとは思わない。

ただ、僕の〝個〟や〝磨き方〟を、ネットやツイッターとかで、なんの根拠もなく否定されたり揶揄《やゆ》されたりすると、相手が誰であろうと「イヤだ」とか「嫌い」とか言ってしまう。そのぶん、敵を作ってしまったり炎上したりするけど、自分に素直に生きているので、僕はあまりストレスを感じずに生きている。

『一隅を照らす』の対極、〝闇族〟

第2章で触れた、会社から「好きなことをやってみなはれ」と言われても、不安がり、結局は何もできない人たちって、自分の〝個〟をよく考えたことがない、あるいは見つけるのを面倒くさがっているんじゃないかと思う。

面倒くさいから、自ら率先して卵のパックに納まっていく。隣を見て同じような形をしていることに安心感を得て、まわりと同調することが当たり前になっているというか。「和を乱さないことが大事なんだ、仕方ないんだ」とか言い訳してるんだと思うけど、そうした生き方って、自分に対する【思考停止】状態で、自分を大事にしているとは言えないんじゃないの?

さっき言った『一隅を照らす』の対極ってなんだろうと考えていくと、例えばネット上で人の書き込みに文句をつけたり、揚げ足を取ったり、意味なく炎上行為を仕掛けて憎悪を膨らませている連中のような気がする。ひとりひとりが光ろうとするのを否定して消そうとする、いわば〝闇族〟みたいなのが、それに当たると思う。

〝闇族〟はみな、名前を名乗らず、匿名で好き勝手に暴れ回る。それはでも、仕方ない。だって、自分が何者かを知るのが怖いから逃げて、安全なところから他人に文句やケチをつけ、安心したいだけだもん。そんな人が当然、名乗れるわけがない。

たまに暴言ではなく、上っ面はまともなことを書いても、匿名だから本気で誰も相手にしてくれない。匿名同士で褒め合ったり、嘆き合ったり、文句言い合ったり……なんかもう、えらく悲しい人たちだ。

ネットではなく直接会って話すことが大事

ネット上ではなく実像の彼らは、一方でやたらとプライドが高かったりする。だけど、そのプライドはなんにも支えられていないから、すっごく脆《もろ》い。こちらが的確に矛盾を突いたり反論したりすると、ヘナヘナと崩れてしまう。僕が直接会って議論しようと言うと、誰ひとり名乗りを上げる者はいなかったりする。

そのストレスで、彼らはより深い〝闇族〟へと身を墜《おと》してしまうんじゃないか。これって結局のところ、自分で自分のことを愛せていない行為なんだと思う。

そんな彼らを強く抱きしめてあげたくなってしまうんだな、僕は。いや、いい子ちゃんぶるわけじゃないけどさ。

僕は直接会って話さえすれば、けっこう自分の意思や考え方、愛情は相手にきちんと伝わると思っている。どんなに僕のことを嫌いな人でも、生理的に無理って思われない限りは、1時間も話せば仲良くなれる自信がある。たとえ最終的に意見が違ったとしても、それぞれの意見があってもいいよねってところに落とし込めるし。

やっぱり、ネットでは人と人との交流に限界がある。もどかしさが優先してしまう。そういう意味でも、人の心に響く、心に残る言葉っていうのは、相手の目を見て伝えるしかない。というか、生身の人間同士が目を見合って話すことで出てくる言葉、その言葉こそが本当に人間の血が通ったリアルな温かい言葉なんだと思う。

だから僕は「淳の休日」という、吉本が関与しない（関与させない？）超個人的なＨＰを立ち上げたのだ。このＨＰでは、独身者同士がマスクをつけてお見合いを企画したり、秋には運動会も開催したりしている。

そうやって見ず知らずの人と直接、交流することを楽しんでいる。僕を中心にいろんな人が直接的に交じり合う輪が広がっていけばいいな、とも思っている。この間はついに「淳の休日」で行っている、マスクをつけてのお見合い企画がアプリとして配信された。

そこでバーチャルに楽しんでもらい、実際にお互いが出会うようにしていく。そこでどんな恋愛模様が繰り広げられるか。それってネットの正しい活用法のひとつじゃないかなと思っているのだ。

なんにせよ、たとえ今は〝闇族〟であっても、僕の呼びかけに応じてパソコンの前から立ち上がり、外に出てきてくれる人たちはマシというか、まだ救いがあるような気がする。厄介なのはパソコンの前にかじりついたままの人とか、スマホを1日中やっているような人たちなわけで。

ネットを捨てよ、町へ出よう

そういう人たちに「何か自分で楽しめることを探しなよ。そのためにも外に出てみようよ」と誘っても、決まって「何をしたいのか、よくわからない。だから、今の場所から動くのは無理」と答えたりする。

前述したような、自分の〝個〟を探さず、自分の成すべきことを知ろうともせずに、ただ毎日をやり過ごしてきてしまった人たちだ。いや、もしかすると、多くの若い人たちが探せず迷っているのかもしれない。

そういう人たちは、昔、自分は何をしたかったのか、何をしている時が楽しくて幸せを感じていたかを改めて思い出してみたらどうだろう。それでも「よくわからない」という人は、〝思考の便秘〟になっているのかもね。家の中に閉じこもっていたってなんの刺激もないから、出るもんも出ないんだよ、きっと。

そう指摘されると「自分はネットでいつも世界旅行しているし、十分に刺激を受けている」と反論する人がいるかもしれないけど、それって旅に行った気分になっているだけじゃん。本当の刺激じゃないって、そんなもん。

例えば、スイスに行き、山の空気を吸い、高山植物の花の匂いを嗅ぎ、転がっている岩の鋭さなどを五感で楽しんで初めて、旅行に行ったと言えるのだ。パソコンの画面にいくら雄大なスイスの山々を映し出したって、それはまやかしでしかない。

そうではなく、実際に外に出て誰かと触れ合ってみたり、美術館に行ったり、野球観戦をしてみるのもいい。そうやって受ける刺激が本物であって、そこから得る何かを、自分の〝個〟を探すためのステップボードにすればいい。

僕たちは人間なんだから、ご飯を食べてうんこが出るのと同じように、現実の刺激を受けて、自分の中で咀嚼《そしやく》して、何かを出すってことをしないと不健康になるだけでしょ。風邪と同様に便秘も万病の源って言われているぐらいだし。

だいたい家の中にいてもなんのインプットもされないわけだから、結果的に脳みそも心も動かなくなる。そのうち屈強な〝闇族〟となって【思考停止】となる。そして、自分にとって何か気に食わないことが起きるたびに鬱積を重ね、他人や社会のせいばかりにする。

そんなストレスまみれの生き方、楽しいのかな。

好きなことを続ければ才能になる

実のところ、こんなことは言いたくはないんだが、「何をしていいのかわかりません、淳さん、何かいいアドバイスをください」とか相談しに来るヤツって、ちょっとイラッとしてしまう。そんなに僕は怒りん坊ではないけど、心の奥底でチリチリと何かが焦げつくような感じになってしまう。

そういうヤツって、「何をしていいのかわからない」を免罪符にして、現実に何もしていないから、いつまで経っても何もわからないんだよ。わからないならわからないなりに、闇雲に動いてみればいいのに。

動いた後に「失敗しました」「成功しました」「こんなことになりました」「次に自分はどう動けばいいでしょうか？」と聞いてくるのならともかく、動きもせずに、僕に「何をしていいのかわかりません」と言ってくる連中には、「3年早い！」と言いたいね。

それこそ1日1回、刺激を探したり見つけたりするだけで、1カ月で30個の刺激を得られるんだよ。その1日1個も見つけようともしない連中が、「何をどうすればいいか」なんて言い出すのは、ホント、おこがましいわ。

それでも「何をしていいのかわからない」と言っている連中に、突破口のヒントをあげるとしたら、そうだなあ、やっぱ自分の原点に戻るしかないと思う。

繰り返しになるけども、自分が何をしている時が楽しかったのか、もう一度、思い出してみればいい。僕が思うに、好きなものと才能って近いところにあると思うんだよね。好きなものなら、毎日苦もなく続けられるでしょ。そうしたら、自然とソレに関する知識も経験も増えるし、上達するし、結果、その分野を伸ばせば〝個〟を磨くことにもつながっていくと思う。そこから興味の枝葉が伸びていくかもしれないし。

いいじゃん、子供の頃からうんこに興味があって、「毎日のように自分のうんこの形状を記録してます」でも。そんな記録をつけているのは、ごくごく一部のマニアしかやっていないだろうけど、だからこそ誰も思いもつかなかった、うんこの考察が生まれるかもしれないし。

　いや、うんこじゃなくてもいいよ。例えば、あるイギリスの男性がSNS上で毎朝、自分の寝起きの顔を投稿し続けたわけ。そして、1年後、365日分の自分の顔を見直した時、彼はこう感じたそうだ。

「自分はちょっとずつ老けている。やっぱり時間って流れている。となれば、何かを始めなきゃ。さあて、何をしようかな――」

　おお、そこに気づきましたか、と思うよね。素晴らしい。誰かが同じように1年間やり続けたことに対して、たとえ何も得られず無駄だったと思ったとしても、無駄であることがわかっただけでも有意義だと思う。

　ここで大事なのは、自分が楽しいかどうか。他人がどう評価するか気にしちゃいけない。別に迷惑かけるわけでもないんだから。仮にお金が儲《もう》からなかったり、将来的に仕事につながらなかったとしても、その間は自分が楽しい時間（人生）を過ごせてるんだから、それでいいじゃん。もしかすると、誰も行ったことのない道だからこそ、新しい発見があるかもしれないし。

ビートルズもマネからオリジナルを作った

こう言っても、「まだよくわかんねえ、やっぱ、無理、自分が何をしたいかなんてちっともわかりません」と言う人がいるかもしれない。そういう人でも、好きな人、憧れている人くらいはいるでしょ。自分が好きなその人がやっているようなことをマネしてみればいいいと思うな。興味があるから、その人を好きになっているわけだろうし。興味があるということは、そこを出発点にして動き出せる可能性があるってこと。

マネるって独創性がないように思われがちだけど、受け継ぐための〝パクリ〟というのは、オリジナルを作り出すための土台になったりもするのだ。

元ビートルズのポール・マッカートニーも、昔、雑誌のインタビューで、次のように語っていたらしい。

「僕らの初期の楽曲は、エルビス・プレスリーやB・B・キングの作品に影響され、ときにマネて作られたものが多い。本当だよ、天国にいるジョンに聞いてごらん、そうだよって言うはずだから（笑）。

でも、だからといって、僕らは自分たちの楽曲を卑下したりなんかしない。ロックとは継承されるものだから。継承されていく中で、少しずつ自分たちだけのオリジナルを作り上げていけばいいってこと。

その僕らのオリジナルを誰かがまた継承し、そこから、そのアーティストのオリジナルが生み出されていく。ロックとは、その繰り返しなんだよ。そして、音楽は永遠に引き継がれ、奏でられていく」

ネットに危機感を抱いていた菅原文太さん

話を戻す。

いわゆるネットにはびこる〝闇族〟を嫌い、そのネガティブな影響力に危機感を抱いていたひとりに、名優・菅原文太さんがいる。菅原さんは亡くなる1年前に、次のような言葉を週刊誌のインタビューなどで遺している。

「顔も知らない同士が、ネットの中で、ああでもない、こうでもないとくっだらねえこと言い合ってる。ときには見えない剣で斬り合ってもいる。自分に関わりのない他人のことなんか、ほっときゃいいのに。というか、そういうネットの中で文句をたれてるヤツほど、誰かとつるんでいたいんだろうな。

現実の社会じゃ誰も相手にしてくれんから、余計につながっていたいんだろう。そうしないと不安で不安でしょうがないんじゃないか。でもな、相手の素性も知らない他人とつながっていて、それが幸せなのか？　違う、そんなのは幸せとは言わんよ。

特に若い連中に言いたいな。

身勝手につるむなって！

ときに孤独を愛せって！

自分を孤独に追い込むことにより、自分は一体、何をしたいか見えてくるもんだ。同時にメンタルも鍛えられる。友達じゃない他人と架空空間でつながっていても、傷を舐《な》め合っているうちはいいが、ひとつでも自分の思い通りにならないことが起きれば、すぐに癇《かん》癪《しゃく》やつまらんストレスを募らせるだけだから」

「東京で友達は作らない」覚悟で上京してきた

メンタルと言えば、僕も若い人たちから聞かれたりする。

「どうすれば淳さんのように、メンタルが強い人になれますか?」

実は、この手の質問が一番困る。僕はメンタル強化をするために、座禅を組んだこともなければ、トレーニングしたこともない。いたって自然体で過ごしているだけなのだ。ただ、対人関係の複雑なもつれなどで、メンタルが弱まる人がいたりするけども、そういう人たちには伝えたいことがある。

菅原さんの「孤独を愛せ」じゃないけども、僕って、いつでも断ち切れるのだ、今の人間関係を——。

というか、高校を卒業して上京する際に、ひとつの覚悟として「東京で友達は作らない」と決めてきたのだ。

東京には〝テレビに出る人〟になるために出てきたわけで、友達を作ることが目的じゃなかったからね。それに友達は高校時代までにできていたし。

山口の友達は心の支えというか、最終的に東京で何かあっても、山口の連中のところに帰ればいいやって思っている。まあ実は、そう思うことで心のバランスを取っているのかもしれないけど。実際は帰ってはいけない場所だとも思っているし。

そう思ってる僕だからこそ、あえて言わせてもらえば、相手に対して「友達だよね？」って思って執着してしまうから、友達関係にいらぬストレスを抱え込んじゃうんじゃないかって気がする。こんなこと言ったら、友達を傷つけてしまうのではないか、本音を口にして嫌われたらどうしよう、だとか。

例えば、会社の同僚を友達と思っている人がいたりするけど、それは間違いだと思う。同僚は同僚、あくまでも〝仕事仲間〟でしかない。なのに、同僚が愚痴を聞いてくれないとか、悩みの相談に乗ってくれないと怒る人がいるけども、何言ってんのかな、と思う。

あるいは、会社を家族のようにとらえている人もいたりするけど、それも大間違いだ。本当に困った時に、会社は助けちゃくれないよ、あなたのことを。多くの社会人がそこんとこを勘違いしている。だから、会社のために働くのではなく、自分のやりたいことを実現させるために会社を利用しなければおかしいのだ。

それはともかく、僕の場合は、周囲の人たちを友達とは思っていないから、そういうストレスを抱え込むようなことは全然ない。いつかは僕の前からいなくなるんだろうな、と思いながら接しているし。

本書を読んでいる人にも突きつめてもらいたいなと思うんだけど、今、友達はいないとダメとか、数が多いほうがいいみたいな雰囲気があるけど、あなたが今、友達だって思っている人は、本当に友達ですか？

テレビの仕事に対する執着が薄れてきている

仕事に関して言えば、僕はそれこそ逆に、友達じゃないほうがスムーズにコトが進む。友達じゃないんだから、お互いに言いたいことを言い合えるし。それで面白い番組に仕上がれば、それでもういいじゃん。

そういう意味では、長年付き合いのあるテレビ番組の敏腕プロデューサーやディレクターも別に友達ではない。彼らは信頼できる〝仕事仲間〟なんだよね。

そう、仕事において必要なのは、友情ではなく信頼関係なんだと思う。

プロデューサーやディレクターは友達ではないから、あまり優秀じゃない人と組むことになったら、最善は尽くすけども、あきらめるしかないと思うようにしている。友達じゃないから執着しても仕方ないし。また新たに仕事のできるスタッフとの出会いを求める旅に出ようって感じ。

とどのつまり、僕はテレビの現場で、スタッフたちと意見をガッツリと言い合いたいんだろうなあ。「なんだよ、淳さん、長い付き合いなんだし、こっちの思うように動いてよ」とか「淳さんもキャリアがあるんだから、現場の空気を読んでほしいよな」だとか、「淳さんくらいのポジションの人は、テレビで口にしちゃいけないことくらいわかるでしょ」とか、マジ、そんなのいらないし。

友達だと思っていたとか、キャリアが長いとか、ポジションが上の人であるとか、そんなの面白い番組にするためには必要のないことばっか。言いたいことがあるのなら、面と向かって意見を言えばいい。

僕も番組をより良くするために必死に考えた自分なりの意見でぶつかっていきたいし、激しくぶつかり合っていきたいのだ。僕がそういうふうにするのは、キャリアもあって自分に自信があるからじゃない。自分はこう思うって意見があるから。若くて実績がなくても、意見ならある人はいるでしょ。いいものを作るためには、それを恐れず言ったほうがいいよ。

でも、テレビ業界の中に、僕のこういう考え方が合わない、理解できないスタッフが増えてきても、それはそれで仕方ないのかな、と思っている。そのせいで仕事を失ったら、どうしよう、困るな、とも思っていないし。

今の僕はソコにまったく執着してないんで。

その意味も含め、冒頭で主張したように、最近の僕はすげえ過渡期を迎えているのかもしれない。BSやCS放送、ローカル局は別にして、地上波の番組、いや、芸能界そのものに楽しくないことが増え始めているし。とにかく楽しい場所、自分が楽しめる場所を探そうと抗《あらが》っている最中なことは確かなんだ……。ただ、この先がどうなるかという不安すら楽しみたいと思ってる。

テレビの仕事で満たされないから、他に踏み出し抗っている

マジ、うん、この10年間、芸能界に息苦しさを感じているせいか、自分の芸能活動に迷いが生じている。それは年々、大きくなっているような気もする。もしかすると、仕事をしていても心が満たされていないから、余計にあっちゃこっちゃ動き回り、いろんなことにトライしているのかもしれないよね。

具体的にはやっぱ、視聴率とか、気にしなくてもいいことに少し心が持っていかれたり。自分では「いいぞ、面白いぞ」と手応えのある番組が、世間に受け入れられ、広まっていかないもどかしさがある。

視聴率が取れないということは所詮、世の中的に賛同者がいないってことなんで。それってタレントとしてはどうなのかな、と。数字が取れなきゃタレントとして必要ないのではないか、と思ったりもするし――。

だったら、数字が取れるように、または制作側から請われるように振る舞わなければいけないんだけど、それがもう、できなくなっている……。だってさ、スタジオでニコニコしながら、VTRを観ている様子をワイプで抜かれることだけでは満足できない体になっちゃっているので。

ただ、前述したように、まだ何かに抗おうとしているのは事実。抗いながら、なんとか1歩を踏み出そうとしている。その1歩を踏み出そうと思っているうちは、僕も大丈夫、そのうち新しい風景が見えてくるはずだと信じているのだ。そこで目一杯、遊べればいいなって思ってはいる。

相方・田村亮は友達？ 仕事仲間？ なんだろう？

話を友達に戻すが、そうなると、僕にとって相方の田村亮の存在って何になるのだろう。友達……ではない。でも、友達以上の深い絆《きずな》はありそう。となると、兄弟みたいな関係？ それとも違う。

じゃあ、何だ？ と突きつめていくと「やりたいようにやれよ」と、いつ何時でも〝見守ってくれる人〟ということになるのかも。これまで僕が「やりたい、やろう」って言ったことに関して「それは淳、ダメだよ」と言ってきたことがないし。

亮さんはテレビから伝わるイメージとして、大人しく優しそうな感じって受け止められているが、実はそうではなかったりもする。いや、心根は優しいいし、いいヤツだ。けど、僕と同じ一面も持っていて、保守的ではなく固定観念に囚《とら》われない男でもある。なんたってデビューしたての頃に、いきなり金髪にしちゃったんだから。

僕も影響……じゃないな、対抗して赤髪にしたんだけど、今じゃ金髪にしている若手芸人は多いが、当時は亮さんしかおらず、すっげえ目立っていた。ふつう、若手がそんなことすると、先輩から何か言われるのではないかとビクついたりするもんだが、亮さんは世間にインパクトを与えてナンボという信念のもと金髪にしたわけ。他人がどう思うかではなく、自分はこうしたいってことを貫ける男なのだ。

それに、亮さんはとっても頑固。

その金髪にしても、今でもそのまま。僕がいくら、

「もういいんじゃないの、金髪は。デビューして20年近く経っているわけだし、十分にインパクトあったでしょ。違った髪色か髪型にしたら」

と言っても絶対に変えない。他にも、コンビの方向性としてA案とB案があった場合、自分がA案だと決めたら、僕がどう説得しても譲らない。「亮さん、B案のほうがいいってば」と言っても首を縦に振らない。

そんな頑固一徹の亮さんなのに、僕がひとりでやっていること、やろうとしていることに関しては、何がどうなろうと〝NO〟とは言わないし、反対もしないのである。

世間的には、もしかしたら亮さんがいなくても、淳はやりたいことをやっていけるんじゃないかと思われがちだけど、それはちょっと違うのだ。

亮さんがいて僕もいて『ロンドンブーツ1号2号』。

亮さんというフィルターを通して、僕が好き勝手にやれている部分って少なくないわけ。亮さんが近くに存在している。そう思うだけで、精神的にラクになったこともたくさんあったりする。僕はソコの部分を大事にしてきたし、これからも大切にしていきたいと思っている。

そう考えていくと、亮さんは〝見守ってくれる人〟というより、良き〝理解者〟なのではないか、と思う。

もうひとりの良き〝理解者〟、奥さん

さっき僕は東京に友達を作りに来たんじゃない、友達は山口にいるし、もういらないと言ったけども、理解者は必要だとつくづく思っている。今の僕には友達ではなくて、田村淳の〝理解者〟がいてくれたら、うれしいかな。

良き〝理解者〟と言えば、もうひとり忘れちゃいけないのが、僕の奥さん。

以前に『ロンハー』で、酔っ払って帰ってきた僕のベロンベロンの姿を、奥さんが撮影した映像を流されたことがあった。その夜、ネットでは「みっともなくなるまで飲む時間があるのなら、とっとと家に帰ればいいのに。待っている奥さんがかわいそう」といった書き込みがずいぶんとあったらしい。

でも、期待にそえなくて申し訳ないが、奥さんはちっとも怒っていない。寂しがってもいない。奥さんも亮さんと同様に、僕が何をしようと文句を言ったりしないのだ。たまに「こうしたほうがいいんじゃない？」と、常識的なアドバイスをくれたりすることがあるけども、「こうしてください」といった強制的なものでは決してない。あくまでも自分の意見だけど、というような物言いでしかなく、僕の行動に縛りをかけてくるようなことはしないのだ。

ホント、理解者には僕が楽しそうに仕事してんな、面白そうなことをやらかしたな、と思われたい。見返りという言葉は好きじゃないし、この場合、適切な表現ではないかもしれないけど、僕の理解者でいてくれるのなら、ワクワクする世界に連れていってあげますよって感じだよね。

揺るぎなき理解者がいてくれると人生は心強い

実際に奥さんは、自分にはできないことを次から次にやってしまう僕をそばで見ていて、すっごく楽しそうだし。好きなことを好きなだけしてくれるのなら、夜中に帰ってきても全然平気って言ってくれている。「それが楽しいんでしょ」と勇気づけてくれたりもする。

亮さんは亮さんで「淳のヤツ、好きなように動いてやがんな。でも、そんなことしたら誰かに怒られるぞ。あ、言っているうちから、警察に怒られた！」って笑いながら見ていてくれる。

だからこそ、僕はいろいろと好きなことをやり続けていられるわけだ。つまり、あんなことやそんなことをやって失敗したとしても、この人たちが愛想尽かさずに見守っていてくれるんだったら、それでいいやって思っていたりする。

また、彼らがいてくれるから、僕はなんとかブレずに活動できている。いわば理解者って、船の〝錨《いかり》〟のような側面があるんじゃないかと思う。僕はよく、右や左にアチコチ意見が変わったりすることが多い。ある事柄についてAだと思っていても、Bを推す人の意見が斬新な上に納得できるものであれば、僕は即座にBの意見に乗り換えてしまう。

それはでも、亮さんや奥さんが頑丈な〝錨〟となってくれているから、そういう考え方の切り替えができるのだ。

奥さんが「あなたの良さはこれでしょ」「あなたの絶対に譲れないところはこれじゃなかったの」「あなたの生き方の根本には、これがあるんでしょ」といった〝田村淳の基本線〟をしっかり〝錨〟の先に結んでいてくれる。そのおかげで僕は常に〝優柔不断〟ではなく【柔軟性】を持って意見を出したり、物事の判断を下したりしているのだ。

7股もヒモも経験した

その奥さんとは大恋愛の末、結婚した。

一度お付き合いした後に別れて、また付き合うようになり、そして、結婚に至る、と。

文字で表すとえらく簡単な流れのように見えるけども、いやはや、その過程にはいろんなことがあって。

巷《ちまた》では僕のことを女たらしと指差したりするが、反論はしない。いや、できないか。若い頃は7股も経験していたし。当時、7人の彼女にそれぞれ部屋の鍵を渡して、月曜日の彼女はキミ、火曜日の彼女はあなたといったふうに、うまくカチ合わないようにしていたんだけど、そこは人間だもの、何かの拍子にぶつかり合っちゃうんだよなあ。

そういう時って、女の子同士が「あんた、誰？」「あんたこそ、誰よ」と険悪な雰囲気になったりするのだが、僕の場合はちょっと違った。一方の女の子が美容師で、もう一方が女子大生。それで僕が部屋に入ると、美容師の彼女が女子大生の髪を切っていたことがあった。あれには驚いたけど、僕を通してのヘンな連帯感が生まれちゃったらしい。

上京してまだ食えなかった時期には、ヒモも経験している。あとは……言わなくてもいいでしょ、別に。それなりの出会いがあって、男と女、さまざまな付き合いが生まれるのは当たり前のことだもん。

奥さんも、そんな女性の中のひとりだったわけ。それまでと変わらず、なんとなくお互いに距離ができてしまい、お別れしましょ、となったのだ。でも、それから何人もの女性とお付き合いしたけど、そのうちだんだんと、「あれ？　おかしいぞ、彼女のことが忘れられない、恋しいぞ」と思うようになってきた。こんなに切なくなるのは初めてだった。

彼女は他のお付き合いしてきた女性たちと、何がどう違っていたのか。

誤解されるかもしれないけど、他の女性たちとは一緒にいるだけで楽しかったし、癒やされたりもした。僕なりに愛情も注いでいた。でも、それって一夜限りの関係とか、そういうことじゃなくて、その場の出来事でしかなかったんだよね。

その瞬間が楽しければいいや、みたいな。どこか刹那的でもあったように思う。その場の出来事でもお互いに輝ければいいと感じてもいたし、そういう男女関係が僕には似合っているとさえ思っていた。

奥さんと結婚するまでの秘話

だけど、彼女は違ったんだなあ。

その場の出来事ではなく、その先の未来を意識するようになったというか。彼女と別れてから、相性の良さが恋しくてたまらなくなったのである。最初に付き合った時に、彼女といることとの居心地の良さに驚いたことがある。ふたりでいる時に、何をしてても苦にならない。

振り返ると、当時の僕はなんて愚かだったんだろうと愕然《がくぜん》とするのだけど、その彼女との居心地の良さが怖かったのだ。この居心地の良さにまみれていたら、僕はタレントとしてダメになってしまうのではないか、その居心地の良さを捨てて、もっとガツガツ生きていかなきゃいけないと、妙にかたくなに思ってしまっていたんだよね。

でも、前述したように、だんだんと彼女じゃなければ、自分は幸せになれないのではないかと思い始めて。彼女と一緒でなければ未来はハッピーにならないと焦りもした。それなのになぜ、お付き合いしている時に、そうジャッジできなかったのかと悔いてばかり。

さらに後悔するのは、そう感じた時点で、すでに遅し、だったこと。彼女とは連絡がつかないような状況になってしまっていたのだ。

それでも、彼女が実家住まいであることはわかっていたので、僕は会える確証もないのに、もしかしたら寄っているかもしれないと思い、実家近くのファミレスで、彼女が偶然に現れる奇跡を願い、5、6回ほど足を運んだ。

だけど、奇跡は起こらなかった。ひとり飯を食いながら、恋しくて切なくてどうにもならなかった。今思えば、そういう切なくも恋しい時間の積み重ねが恋愛だったと思うし、だからこそ、胸を張って奥さんとは大恋愛の末に結婚しました、と言えるのだ。

それから、もうひとつ。

奥さんに会えなかった頃、僕はとにかく自分の〝存在〟を彼女に知ってほしかったんだと思う。というのも、ファミレスでの奇跡を願ってからしばらく経った頃に、僕は彼女とようやく出会うことができたのだ。

しかし、彼女の反応は冷淡なものだった。あとからわかることとなのだが、そうしないと今度は彼女が僕を忘れられなくなると思っていたようなのだ。

だから再会を果たした彼女は、僕への思いを断ち切るためにウソをついた。

「淳さん、ごめんなさい。あなたとはもう、お付き合いできません。なぜなら、私、結婚したからです」

あまりのショックに死にそうだった。本気で死ぬかもと思った。だけれども、死に体になりながらも、「あなたのことを愛していた」という僕の〝存在〟だけは、迷惑かもしれないけど、その胸の中に秘めていてほしいと願った。

　そんな僕らもなんだかんだありながらも、無事に結婚し、娘も生まれた。正直な話、もはや奥さんに向けての恋愛感情は薄まっていたりするけども、愛は以前よりも増してしっかりと僕の中に根を下ろしている。

　僕らは確実に次のステージへと進むことができた。

　次はふたりで娘にありったけの愛情を注いでいく――。

第5章　なぜみんなに認められたいの？

高齢者の金をもっと子供に使うべき

昨年秋に娘が生まれた。

娘は可愛《かわい》い、愛《いと》おしい。

昔は子供のために生きるなんて信じられなかった。子供に対しても「お父さんは、お前のために生きるつもりはないよ」とキッパリ宣言するつもりだった。

しかし、その言葉、撤回させていただきます。

僕はこれから、娘のために生きていきます。

何か、文句あります？

いや、ひたすら可愛いって思っているだけではなく、娘を抱っこしていると、世のお父さんたちと同様に、ひしひしと責任を感じてしまう。

そう思うにつけ、彼女が20歳を迎えた時の日本って、どうなっちゃってるんだろう、と心配してしまう。

ホント、ひっでえもん、今の日本は。

まず、わかりやすいところで言えば、税金の使い方が間違っているし。2016年、僕がMCを担当している『田村淳の訊《き》きたい放題！』（MXテレビ）でも取り上げたテーマなんだけど、社会保障費で使われている金額が、高齢者が76兆円で、子供たちには5・6兆円しかないのだ。なんじゃそりゃって言いたくもなる。

怒られるのを覚悟で主張するが、その76兆円を少しでも多く、子供たちのほうに回せないの？　将来の日本を背負う子供たちにお金を使うべきでしょ。6人に1人が貧困家庭ってことで、食べるものにも困ってるっていうんだよ。

自分の再選しか考えてない政治家に期待するな

それに、子供たちの勉学のチャンスをもっと設けてあげないと、どんどん日本が衰退していってしまう。とにかく驚くのは奨学金制度だ。奨学金で大学を卒業した子供たちが、そのお金を返済できないケースが増加しているせいで、新たに奨学金を申し込む人たちのハードルが高くなっているそうだ。

今どきの奨学金は、条件の良い高額なヤツを申請する場合、保証人は親ではなく、30代の人じゃないと受けつけてくれないらしい。それぐらい働き盛りの人が保証人にならないと、取りっぱぐれがあるから怖いみたい。けど、30代の彼らだって、自分の子供の教育費があるし、保証人にはなりたくない。結果、誰にも保証人になってもらえず、泣く泣く大学進学をあきらめる高校生が増えているという。こういう現状を、この国の政治家や行政の連中はどう考えるのか。

いや、もちろん、奨学金を返済しないでスルーしている連中も悪いよ。いけないよ、返さなきゃ。だけど、雇用の不安定な非正規労働者が増え、昔に比べて平均年収も低く抑えられ、生活もカツカツの人が出てきている今、卒業して社会人になった段階で、数百万円の借金を背負うことになるって、相当キツイことは想像つくじゃん。マジ、そこのところを真剣に考えなきゃダメだって。

こういう事態になってしまうのは、人口が多く投票率も高い高齢者に優しい政策にしないと、政治家が「自分たちが落選する」と思ってることが大きい。結局、政治家は、国のため国民のためではなく、再選という自分の都合しか考えてないということだ。まあ、落ちたらタダの人だからね、政治家は。再選が目的化するのも仕方ない。けど、これって代議制の矛盾というか、限界というか……なんだかなあ。

政治家だけじゃない。テレビも地上波を観てるのは高齢者が多いから、そっちに合わせた番組作りになってしまってる。テレビも本当は若い人に刺激を与えるメディアにならないと、先がないっていうのに。

このように、高齢者に優しいなんて、自分たちの都合でしかないのだ。あれだけ「年金100年安心」と大見得を切ったくせに、最近の年金問題のゴタゴタは、国は年寄りの面倒なんか見ないって宣言しているようなものじゃん。それも、わかってたことだけど。これからは国に頼らず、自分の老後は自分で守るしかない。

そんなことばかりしてると、滅んじゃうな、この国は。

年寄りが若い世代から金も機会も奪う国

東京オリンピックも、政治家が自分のことしか考えてない、いい例じゃん。なんで当初予算の7倍にまで予算が膨れ上がるんだ？　国立競技場だけでなく、ボート競技場やら、バレーボール会場やらを造ろうとして、それでその後は大して使われず、維持費だけが膨大に膨れ上がる。その維持費の無駄な金を、国からお金を出してもらえず苦しんでる子供たちが払い続ける。

おかしいでしょ、この構造。他の国だったら暴動もんの騒ぎだよ。まあでも、多くの日本人が、韓国とは違って、国に対して何も怒らないんだから仕方ないか。

そもそも、オリンピックを推進してる人たちも政治家たちもみな、年寄りばっかでしょ。彼らは完全に逃げ切れると思っているんだよね。何か問題が起きても、国の借金で子供らが苦しみの悲鳴を上げることになっても、その時には自分はこの世にいないしって好き放題やってる。オリンピックだけじゃない。事故の後始末もできてないのに原発の再稼働をするとか、今の新幹線で十分なのにリニア新幹線まで造ろうとか、とにかくデカイ建物造ったり、トンネル掘ったり、昭和の経済発展していた時と同じ発想で、金儲《もう》けのことしか考えてない。

しかも、それらを造る金はぜーんぶ借金なんだよ。自分の孫よりもそのまた先の先の世代にまでツケ回しして、自分（じじい）たちの利益のことしか考えてないんだから。

政治家だけじゃない。一般の年寄りだって、既得権益を振りかざして、若い世代に犠牲を強いてるところがあるから、似たようなものだ。

例えば、保育園を建てようとしたら、その近所の住民が、子供の声がうるさいとか言って反対した件がそうだ。おかげで小さい子供を持つ夫婦は、保育園に預けられずに、共働きができないから、経済的にも苦しい思いをする。

年寄りは今まで、国のため、会社のため、家族のために頑張ってきたんだから、これからはラクをしたり、いたわってもらって当然だと、権利意識を振りかざしてるのかもしれないけど、そのシワ寄せを下の世代に押しつけるのって、どうなのよ？

この国は、政治家から一般人に至るまで、年寄りが若い世代から、金や機会を収奪してばかりの構図になってしまっているのだ。

さっき、この国が滅んじゃうと杞憂《きゆう》したが、違うな。ここまでくると1回、この国を壊しちゃったほうがいいのかもしれない。そこからひとつひとつ価値観から何から作り直したほうがいいよ。

なぜ満員電車で通勤し続けるの？

そのために何をすればいいのか？

僕は今までやってきたこと、当たり前だと思っていたことを、「本当にそうか？」と考えることから始めたらいいいんじゃないかと思う。

例えば、働き方にしたって、満員電車に揺られて行かなくてもいい出社スタイルを探すとか。そんな提案をすると、何を甘ったれたこと言ってるんだと批判されるのかもしれないけど、満員電車でぎゅうぎゅう詰めになるなんて、誰にとっても心地いいことじゃないじゃん。

良くないと思うことは改善しないと、ストレスが充満するだけ。ネットがここまで発達しているんだから、仕事に支障のない範囲で時差出勤したり、極端な話、在宅勤務でできることは、家でやっちゃえばいいいんじゃないの？

そう言えば、僕はときどき台湾に足を運ぶのだけど、向こうの人も満員電車が嫌いみたい。だから、自分で好き勝手に移動できるバイクを利用する。日本はなぜだか通勤の手段に、バイクという選択肢がないんだよなあ。会社で禁止されてるからか、駐輪スペースや駐車場代の問題があるからだと思うけど、こんな便利なものはない。

若手の頃、地下鉄に乗って「銀座7丁目劇場」に行きたくないから、8万円ぐらいで買ったバイクで通ってた。利便性はいいし、どうしてみんなバイクで出勤しないんだろうと不思議に思ってた。

確かに電車は時間通りに動けるし、安いし、乗ってる間にスマホを見たり本を読んだりできる。でも僕は、自分の好きな時間に、好きな道を選んで動ける自由が好きだ。ときには渋滞にはまったり、思い通りにいかないこともあるけど、それも自分で選んだことだから、仕方ないと納得できる。とにかく僕は制約があったり不自由が嫌いなのだ。

今まで当たり前と思ってたことを疑ってみる

他にもライフスタイルの面で言えば、高いお金を払って贅沢《ぜいたく》な食事をすることが本当に豊かなことなんだろうかとか、都会に住まないと時代に置いていかれるとか、みんなとSNSでつながってないと不安だし、はじかれるんじゃないかとか、今までの価値観を疑ったり、新しい考えを積極的に取り入れていかない限り、今後、日本人はもっともっとストレスを抱え込み、疲れていっちゃうんじゃないかと思うんだけど。

それを打破するための取っかかりとしては、やっぱり自分という〝個〟をしっかり見出すしかないと思う。自分の好き、嫌い、やりたいことは何かがわかっていたら、人の目をいたずらに気にすることもなくなるし、同僚やライバルがいい成績を上げたとしても、自分はこっちのほうで頑張っているからと、人を妬まなくなる。逆に素直な気持ちで「すげえな、お前って」と心から賞賛の拍手を送れるようになるんじゃないかな。

自分がそうなれば、相手もそうなる。お互いに称《たた》え合う。

なぜに、日本はそういう社会を作れないのか……。

もう手遅れ、やはり一度、壊さなきゃダメなのか……。

そんなことを考えている僕は、〝日本人失格〟なのだろうか……。

不特定多数じゃなく、自分の大事な人に認めてもらえればそれで十分

ところで話は変わるが、前章で、奥さんに自分の〝存在〟を心に留《とど》めておいてほしかったと言ったが、これって〝承認欲求〟なんだと思う。で、矛盾しているのはわかっているけど、〝自分を認めてほしい〟と奥さんにアピールしていたわりには、僕ってあまり好きじゃないんだな、〝承認欲求〟ってものが。

本書で何度も主張したけど、自分のやらなければいけないこと、やりたいことをやり続け、それに幸せを感じていれば、「自分はこういう人間ですが、大丈夫ですよね?」とか「自分はこんなことをしました、認めてください」と、会社や家族や恋人、友人知人たちにアピールしなくても、わかってもらわなくても、僕はいいと思うんだよね。

つーか、学校の友達とか、会社の上司・同僚、あるいはネットでつながっている人たちに対しても、「変じゃない」「おかしくない」「大丈夫」「間違ってない」とか思ってもらって〝承認〟してほしいから、まわりと違うことをしないようにするんだよね?

逆に、違うこと言ったりしたりするヤツを見つけて、ダメ出ししたり、よってたかって叩《たた》いて〝同調圧力〟をかけるのは、この〝承認欲求〟とコインの裏表か?

やっぱ怖いのかな、他人に認めてもらわないと――。

たぶん、今の日本が僕には息苦しく感じられるのは、この〝同調圧力〟が原因なんだと思う。

だから他人に認められるように、大丈夫と言われ、褒められるように、自分から動くようになってしまったんだろう。お笑い芸人が〝面白協定〟で、今の笑いの本線を確認するのも、そういうことだと思う。

自分も〝承認欲求〟があることは認める。人間誰しも持ってるものだし。でも、その認めてくれる人って、不特定多数じゃないとダメなのかな？　僕の場合、さっきも言ったように、亮さんと奥さんが笑ってくれてるうちは大丈夫だと思ってる……というか、彼らさえ認めてくれてたら、別にあとは世界の誰も、理解も承認もしてくれなくてＯＫ。両親に言われた「人様に迷惑かけない範囲」で行動してるし。

ただ、そんな僕でも、デビューの頃は不特定多数に認められたいと思っていたかな。やっぱ、いろんな人に認められて支持を集めないと、僕のような職業はやりたいことがやれないのが現実だし。だけど、それはタレントとしての田村淳の欲求なわけで、個人としての田村淳はそこまでガツガツしてない。前述したように亮さんと奥さんが理解してくれれば、あとは周囲に媚《こび》を売ったり、無駄な自己アピールをしなくてもいいと思っている。

みんなも、そういう人がまわりにひとりでもいたら、心がかなりラクになるし、自分に自信もつくと思うんだよね。そうしたら行動もブレなくて済む。会社やサークル、友達との飲み会とかで、無理に人に合わせなくても不安にならなくなるから。

身内でも昔からの友達でも、あるいは知り合って日が浅いけど、すっげぇ波長の合う人かもしれないけど、誰かしらきっとそばにいると思うよ。

ただし、その前に、自分が何をしたいのか、何者なのかを自分でよく知っておかないと、見つけられないかもしれないけど。

〝淳はああいうヤツだから、ほっとけ〟と思われてるからラク

僕なんかそんな〝誰でもかれでも認めてくれなくて結構〟的な生活が長いので、「淳はああいうヤツだから、ほっとけ」という感じになってる。おかげでストレスもないし、ラクに生きられてる。

無駄にいつまでも〝承認欲求〟を撒《ま》き散らさないほうが、自然とまわりがその人の〝個〟を認めて、放任してくれるようになる。まあ、そのためには、ちゃんと仕事はして

るとか、約束は守るとか、人としてちゃんとしてないと、ダメなんだけど。

そう言えば、以前、Vシネマの帝王こと、俳優の哀川翔さんもこんなようなことを言っていた。

「この世の中、〝アイツはああいうヤツだから〟と思われたもん勝ち。そうなると、誰もヘンなちょっかいを出してこなくなる。それこそ対人関係に悩むこともなくなる。気分いいぜ、そういう人生は。そうなるためには、きっちりと筋を通した、他人に迷惑をかけない生き方をしなきゃダメだけどさ。中途半端なことをしていたら、誰も認めちゃくれないって。そういうヤツに限って〝自分のことを認めろ〟ってずっと騒いでいたりするけど、そんなのまったく意味がない」

そうなんだよな、無意味にやたらと「認めてください」ってアピールするのではなく「もう認めていますから、好きなようにやってください」って言われるほうが、幸せな生き方なんじゃないかな。それが自分の〝理解者〟を増やしていくことにもつながっていくんだろうし。

「人に認めてもらうために、自分を殺すのはアリか」

しかしながら、人にはどうしても「認めてください」という〝承認〟を、他者に求めてしまう時期がある。恋愛初期を除けば、特に社会的に自分という存在がまだ確立されていない新人の時期だ。

僕も新人の頃、吉本の社員らに自分たちのやっていること（新人ライブを開催して、小屋を満員にした結果を踏まえ、僕らを売り出してくださいと猛アピールしたことなど）を認めてほしかった。駆け出しのくせに、けっこうガンガンにアピールしていたもん。

そういう意味でいうと、何事にせよ、自分が成し遂げたいことを達成させるための〝承認欲求〟は必要なのかもしれない。ただ、その一方で「人に認めてもらうために、本来の自分を殺してもよいか」という疑問が常につきまとう。

いや、だって、認めてもらうために、やりたくないことまでやらなきゃいけないケースもあったりするでしょ。わかりやすいところで言えば、絶対に頭を下げたくない上司に媚を売らなきゃいけないだとか。そうしないと周囲が自分のことを認めてくれないとかね。

そう考えていくと、悩んじゃうんだよなあ。自分というものを捨ててまで、人に認められなくてもいいや、武士は食わねど高楊枝《たかようじ》だと突っ張りたい気持ちもわかるんだよね。そのうち認めてくれるはずだと、のんびり構えてりゃいいじゃんと自分で自分を説得したくなる気持ちもよくわかるし。スペイン語で言うところの〝トランキーロ（焦んなよ）〟ってやつだ。

それとは別に、今、認めてもらわないと次に進めない、せっかくのチャンスを失ってしまうっていう切迫した思いや願いも十分に理解できる。

はてさて、どっちを選択したほうが、結果的により充実した、自分のやりたいことに近づけるのだろうか。

こういうどっちもアリの場合は、「天空のブランコ　田村淳の脳内両極論」方式で白黒つけてみますか。

ネット時代だからこそ必要な〝ひとりディベート〟

「天空のブランコ」というのは、前に説明したように『週刊プレイボーイ』誌で僕が担当していた連載で、あるテーマ（この場合は「人に認めてもらうために、自分を殺すのはアリか」）を掲げ、賛成と反対、ふたりの淳を作り出し、最終的にはどっちの意見が勝ちかの結論を出すという〝ひとりディベート〟だ。

自分の脳内で賛成と反対、両者の意見を戦わせていくうちに、自分でも思いもよらなかった結論が出たりすることもある。そこが取り組んでいてスリリングだったし、面白かったんだよね。

あ、そうだった、思い出した。僕がこの連載に取り組もうと思った最大の要因は、やはりネットにあったのだ。

本書では何度も繰り返しているけども、ネットの中で飛び交う言葉って安易すぎるでしょ。感情のままに書き殴り、ただただ他人を不快にさせる書き込みもあったりする。だからこそ、一度立ち止まろうよ、考えて書いてみようよというきっかけになればいいなと「天空のブランコ」をスタートさせたわけ。

多重人格とかそういうことではなく、何か発言する際にもうひとりの自分を生み出し、脳内で会話することによって、それが本当に自分の意見なのか、真剣に伝えたいことなのか、また、その内容を他人に伝えてよいものかを吟味することは、ネットで安直に他の人とつながることができるようになった現在、とても重要な作業だと思ったのだ。そうすることにより、書き込みなどを投稿した人の、心の動きを想像できるようになるのではないかな、と。

簡単に見ず知らずの他人とつながれる場所だからこそ、逆に慎重でありたい――。連載「天空のブランコ」に隠された使命というか、ネットへの依存が多い今の社会に向けての意義はコレだったのだ。

漫画家・藤子不二雄Ⓐ先生のアドバイス

前に漫画家の藤子不二雄Ⓐ先生が、雑誌のインタビューなどでこのようなことを言っていた。

「人間は〝多面体〟に生きなきゃダメですよ。〝多面体〟な人間ほど魅力的なんです。自分がひとつ、一面体なんてありえないじゃないですか。喜怒哀楽じゃないけど、そのときどきで喜んでいる自分もいれば怒っている自分もいる。正義感のある自分もいれば、チョイ悪の自分もいたりする。でも、大事なことは素の自分がそれぞれの自分を意識し、うまく活用していくことなんです。

例えば、誰かと喧嘩《けんか》しそうになった時、ひとりの自分で対応してしまうとモロに殴り合う可能性が高くなる。だけれども、怒った自分と冷静な自分と計算高い自分が、自身の中で話し合いのテーブルに着き、あれこれと論議すればするほど、その場での的確な判断が下しやすくなる。

もしかしたら、3人の自分が出した結論により、目の前の宿敵とも笑って握手ができ、生涯の良きパートナーとなりえる可能性さえ出てくる。そうやって生きていくと実に人生は楽しくなる。

僕もそうやって、ムカついた野郎と向かい会った時は、何人ものいろんな要素を持った自分を総動員させ、より良い答えを探すようにしている。結果、ムカついた野郎なのに、翌日は一緒にゴルフに行ったりなんかしてね。

そういう点では、今の若者は怠け者が多いと思う。自分の中にいるはずのいくつかの自分を意識することなく、話し合うこともせずに、一面体で短絡的に感情に任せたままの意見を押し通そうとする。

だから、人と人との間で亀裂が起きる、摩擦も起きる。その結果、この社会はいつもギスギスしている」

ま、そういうことです。

そんじゃ一丁、やってみますか。

お題はさっき説明した『人に認めてもらうために、自分を殺すのはアリか』だ。

●「自分を殺すのはアリな田村淳の意見」

自分を殺すというと、聞きようによっては、まったく自分というものがないように感じられますけど、実は違うんですよね。殺すのではなく「目的達成のために自分を変えてみよう」ということなんです。つまり、方法論を変えてみるというか。

こういうアプローチであれば、まだ自分の中で許せるっていう妥協点を見つければいいだけのことなんで。それで最終的に目的が達成されれば問題ないと思います。

だから、完全に自分を殺しちゃいけない。そうなってしまうと、蘇《よみがえ》るのが難しくなってきますから。死んだように見せかけても、魂だけはどこかに残しておかないと。で、目的達成後に、その魂を取り戻しにいけばいい。そうすれば表面上は自分を殺したとしても、相手や周囲に屈したことにはなりません。

それに、意識を変えて考えてみれば、自分を殺すことなんか、たいしたことではないんです。ちょっと我慢するだけ、裏で舌をベーッと出していればいい。

長い人生、ちょっとの期間、自分自身を騙《だま》すことによって死んだふりをしていればいいだけのことですし、そこを乗り切れさえすれば、その先に豊かな可能性の道が広がっていくんですから。

多少の回り道は苦痛ではありません。たとえ自分を殺すことにより、歩んできた道のりの一区間が凸凹になっていたとしても、やりたいことが実現した後に、ナンボでもきれいに舗装できます。

よって〝自分を殺すのはアリ〟です。

●「自分を殺すのはナシな田村淳の意見」

そりゃもう、偽らずに自分をさらけ出して、家族、会社、上司、また同僚などに自分のやりたいことを認めさせなきゃいかんでしょ。

そのために僕らは〝個〟を磨くわけであって。

偽りの自分で周囲が認めてくれたとしても、そんなのは所詮、本当の成長ではないし、やりたいことがやれるようになっても空しいだけじゃないのかな。

考えてほしいのは、自分のことをよく見ているのは、あくまでも自分だってこと。

自分を偽って殺してしまったら最後、その負い目が一生続くのだ。いくら自分を誤魔化そうと、ある時ふっと、あの時の忸怩《じくじ》たる思いが全身をおおう。その際、絶対にあの時に自分を曲げなきゃよかった、殺すべきじゃなかったと悔やむんだって。

いくらやりたいことを達成できても、自分の心にできた小さな風穴は、何をどうしたって埋められないし。それに一度でも自分を殺すことのできた人は、その後の人生において何度でも殺すことができると思う、自分のことを。

そういう人は結果的に、本当にやりたいこと、成し遂げたいことが見えなくなって、妥協ばかりの生き方になりそう。それで達成できた小さな目的に満足し、いつまでも自分を偽ることになる。そうではなく、自分を殺さずに真正面から周囲の環境と戦うほうが、本当に自分が行きたい場所に行けるのではないかと思う。

結局、自分を殺して譲るというか、周囲に合わせてしまった人は、これをやりたい、あれを成し遂げたいと思っていた自分とは違うと認識したほうがいい。

もはや別人である。

さらに言えば、ピュアだった自分ともおさらばしちゃった人でもある。そういう人はやりたいことができたとしても、その輝きは鈍いものにしかならないのだ。

よって〝自分を殺すのはナシ〟だ。

●ひとりディベートの結論
ぶっちゃけ僕自身、殺すのはアリで生きてきた部分があるし、殺すといっても致命傷じゃないエリアで自分を騙していればいいかなって思う。要は目的達成のために殺しちゃったけど、それはあくまでも手段であって、本当の意味では殺してないよ、と自分で自分に説明できるのであればアリかな。

なので、今回は「自分を殺すのはアリの淳」の勝ちとなります。

いや、殺すと表現してしまうから辛《つら》くなってくるのであって、〝譲歩〟であるとか〝折り合い〟という日本語もあるわけだし、自分を騙せていけると思う。

僕もしんどい問題を突きつけられると、かなりの部分で真正面から受け止めず、なんとか〝折り合い〟をつけて自分にウソをつき、やり過ごすことってよくある。受け流すというか。いちいちまともに受け止めていたら、いつか自分が壊れちゃうだろうし。そうならずに目的地に向かうため、僕はそのときどきの自分にウソをつきながら、長い道のりを歩いている最中だとも言えるのかもしれない。

第6章　思考停止と依存体質を脱するために

怒りを溜《た》め込むと体に悪い

ここまで本書を読んで、田村淳って、意外とものわかりがいいヤツなんだな、と思っている人がいるかもしれない。だけど、決してそんなことはなく、これでもムカついたり、アイツだけは許せないと思うこともある。

そういう時にどうしているかというと、まず、この怒りの状態をどうしたら減らせるかを考える。例えば、ソイツのことを考えないようにするとか、逆にムカついたヤツと、実際に面と向かって話し合ってみるとか。いろんな方法があるけど、とにかく自分が一番気持ち的にスッキリしそうなことを実行してみる。

そうすると意外と心が落ち着くんだよね。ソイツを実際に言い負かしてスッキリしなくてもいい。怒りを自分の中に溜め込んで熟成・発酵させるんじゃなく、心を軽くするアプローチを自分なりにちゃんとできたかどうかに心が和むわけ。

一番良くないのは怒りのエネルギー、いわば〝怒り玉〟のようなものを持ち続けてしまうこと。そんなもん、いつまでも体の中に留《とど》めていたら、どんどん膨らんでいって、破裂して自分が死んじゃう。〝怒り〟って生きるパワーになるってよく言うけど、ポジティブなパワーじゃないから、あんまり体に良くない気がするんだ。

怨念や恨み嫉《そね》みを持ち続ける人って、磁石のようにストレスや悪い気を引き寄せちゃうんじゃないのかな。

それで精神的に苦しくなっていくのってバカらしい。

そもそも責任なんて誰も取れない

〝怒り〟を溜め込まないようにしている僕が、もし6年前に福島に住んでいて、原発事故で避難生活を強いられたらどうするだろうか、と考えることがある。

国や東京電力に対して、僕だって巨大な〝怒り〟を覚えるだろう。でも〝怒り〟を抱えたままだと心がキツイから、きっとどこかで逃げるかもしれない。

もちろん、国や東電を免罪にするなんてありえないし、できる限りの責任は取らせるべきだと思う。そこを追及していくことは大事だ。しかし一方で、何がどうしたって、放射能は当分消えないし、戻って暮らすことは健康上のリスクが高い。だから、さっきの〝ひとりディベート〟の結論のように、折り合いをつけて、まずは安全優先で故郷を離れるだろう。

生まれ育った土地に愛着を持つのは当然の感情だと思う。離れたくない気持ちもわかる。でも、先祖代々の土地だと言ったって、人間は生きてる間、その場所を借りているだけで、そもそも自分のものではないんじゃないかな。幸せに生きられるなら、別の場所でも違う国でも、どこで暮らしたっていいという気もするし。

もちろん、目の前の戦いから逃げたら、この先自分の人生を後悔すると思うのなら、正面から挑んで戦い続ける人たちには敬意を表するけど、僕はそれより自分の楽しいこと、やりたいことに〝時間という財産〟を使いたいと思うんじゃないかな。

どんなにお金持ちでも権力者でも、時間を巻き戻すことはできない。つまり、時間というのは、金に換えられないほどの財産なんだと思うんだよね。

しかも、みんなに平等に与えられてるし。

よく政治家が「責任を持ってやり遂げます」とかって言うけど、責任取るって所詮、「謝罪の言葉」と「お金を払う」ことくらいしかできないからね。だから、時間が巻き戻せない限り、本当の意味での責任は取れないということだ。

怒りに時間を使うのはもったいない

でも、若い人たちは、自分たちがそんな財産をたっぷり持ってるんだと気づいてないだろうなあ。僕は子供の頃、もしかしたら時間という財産に飢えてたというか、時間がもっとほしい、足りないと思ってたから、使い方にこだわっていたのかもしれない。

ただ、時間もどう考えるかで、見え方が変わる。

1日は24時間だけど、尺度を1週間単位で考えれば24時間×7日ある。あるいは1カ月なら24時間×30日。この間で、何をどうするか考えればいいんじゃないかな。1日単位で考えると、毎日タイムリミットが来て、すげえシンドイ気がする。

話を戻すと、僕は怒りに囚《とら》われすぎて時間が過ぎるのは、もったいないと思ってるってことだ。そんなことに頭も心も使いたくないし、使っちゃいけないよね。

どんどん先に行こうよ。たとえ誰かに裏切られたとしても、そんなことはすぐに忘れちゃおう。すがったりするのは時間の無駄。

忘れて、ガンガン前へ前へ進もう。

そして、楽しいことをしよう。

巨大な〝怒り玉〟を持っているがために、どうしてもネガティブな考え方や行動しか取れない人は、無理やりにでも捨てろって、そんな腐った玉は。そういうふうに考えるクセをつけると、ラクになるよ。

「楽しそうに死んでいきやがった」と思われたい

ネガティブな考え方や行動と言えば、いるんだよねえ、僕のやっていることが気に食わなかったり、面白く思っていない人たちが。そういう連中は「たいした笑いの技術もないのに、テレビでヘラヘラしているだけで金をもらって、いい身分の野郎だ」と思っているんだろう。

だいたい、そういうふうに思っている人たちって、実は僕のことがうらやましくて仕方ないんだと思ってる。本当は僕のように楽しく生きてみたいと願ってるんじゃないかな。

だから彼らに対しては、「今度はこんな面白いこともやり始めたぜ」って感じで、もっともっとうらやましがられる存在になってやろうと思う。

それで、いよいよご臨終の時は、意地でもウソでも「ああ、田村淳の人生、めちゃめちゃ楽しかったぜ」と叫びながら召されたいし、「アイツ、最後まですっげえ楽しそうに死んでいきやがったな、チクショウ！」と思われたい。

そもそも、人間死ぬ時は、金も宝石も家も土地も持っていけないし、もちろん愛する人も連れていけない。楽しかったこと、辛《つら》かったこと、哀しかったこと……自分が生きてきた記憶や思い出だけしか、棺桶《かんおけ》には持っていけないのだ。

だったらお金は、自分でいろんな経験をすることに使ったほうがいい。他人の目を気にして、やりたいことを我慢したり、言い訳をして何かを始めないなんて、もったいなさすぎるでしょう。

結局、僕の最終的な目標って「アイツのことがうらやましい！」と日本中の男が思ってくれることなんじゃないかな。「アイツみたいになりたい」と思われることが、田村淳の人生の一番の成功と言えるかも。

実はそんな人間になることは、小学生の頃からの夢だったし。

金は〝手段〟。金儲《もう》けが夢なんてガッカリだ！

2015年、京都大学にロケに行った。

その際、彼らに聞いて回ったことがある。

「あなたの夢はなんですか？」

さすが京大生だなって思った答えがいくつかあった。例えば「不老不死の研究をやり続けるのが夢です」「クジャクを卵から孵化《ふか》させる研究をしてます」とか。逆にとても残念だったのは、多くの京大生が「将来の夢はお金持ちになること」って答えたんだよね。かなりガッカリ。この人たち、せっかく京都大学に在籍しているのに、頭の中は金儲けかよ、と思ってしまった。天下の京大に入学できる脳みそを持っているのに、その中身が金儲けって……。なんか他にやれることがあるんじゃないの、京大のブランドを使って。あのさ、お金ってあくまでも何かを成し遂げるための〝手段〟でしかないから。

それはそうと、お金って言えば、企業もお金持ちもお年寄りも、どんどん金を回してほしいよね。あなたたちが無駄に蓄えててどうすんの、何がどうなるの？　使い切れないほどの金稼いで、溜め込んで、全然意味ないじゃん！　社会に金を還流させていけば、もうちょっとラクに生きられる人たちがいっぱいいるのに。お金なんか墓まで持っていけないし、閻魔《えんま》様も捨ててきなさいって言うはずと思うので、僕はお金を面白そうなスタートアップ企業に使ってます。

余白のない人生は苦しい

実際、ホリエモンさんとかソフトバンクの孫正義さんとか、お金を〝手段〟として使って何かしてる人たちは、楽しそうじゃん。逆に、お金に執着している人って魅力がない。そういう人って、これみよがしに大豪邸に住み、リビングに超豪華なシャンデリアを吊《つ》るしたりしているけど、僕はそんな生活、ちっともうらやましいとは思わない。そんな人に限って、話す内容が金儲けのことばっかでうんざりしてしまう。

僕にはそういう生き方ができない。そもそも、するつもりもないけど。そんなことより、こんなロケやって、その場にいた人たちと面白い話ができたとか、こんな企画を考えたぜって議論し合うことが第一優先だから。そんな生き方で自分の生活が成り立っていけば、それが一番の幸せ。

ただ、無理をしてまでお金持ちになる必要はないけど、今の日本って、金がないことで、人生に必要な余裕が奪われてるよね。１カ月働きました、給料が出ました、５万円残りました、その５万円を貯蓄しました。で、貯蓄を使って温泉に行きました。楽しかった、心の洗濯もできました、幸せでした、明日も頑張ろう――となるべき余白のところを、この国は税金や雇う側の賃金出し渋りで潰してしまっている。

やっぱ生きている中で余白がないと気持ちも荒《すさ》むし、いいアイデアも生まれてこなくなる。

こうやって、この国は、みんなの余白を消していく。

こんな国、絶対におかしい。

だからこそ、若い人たちにはなんでもいいから行動を起こしてほしいと願っている。今の日本は何をするにしてもお年寄りが中心だ。政治もそう、お金を溜め込んでいるのもお年寄り。こういう人たちは老獪《ろうかい》だし、非難しても動じる相手じゃない。

だったらもう、甘えましょ。甘え上手というか、言葉は悪くなるけども、うまくお年寄りたちを〝たらし込んで〟お金を引っ張り出させましょうよ。たんまり持っているんだから、吐き出させりゃいいんです。

誤解を恐れずにぶっちゃけますけど、彼らは先が長くありません。だからって破産していいわけじゃないけど、その犠牲になって若い連中が破産に追い込まれて死んじゃったら、そっちのほうが絶対間違ってると思う。

これからは学歴よりも気が利くヤツが大事

あと、京大生の話で考えさせられたのは、学歴ってなんだろうね……。

それで思うのは、これからは学歴ではなく〝学力〟が必要だということ。森羅万象と言っちゃうと大袈裟《おおげさ》になるが、誰からも、どんなことでも素直に学び取れる力、学ぼうとする力、そして、それを活《い》かせる力。それこそが今の日本に必要であって、その能力を高めていけば自然と気の利いた人間にもなれるんじゃないのかな。

気の利いた人間を別の言葉で言い換えると、気がつく人、気づきのできる人ということになるかもしれない。何か変だな、おかしいな、それダメじゃないの……そういう違和感を感じ取れない人、センサーの鈍い人、つまり問題を発見できない人は、当然のことながら問題を解決できない。

学校の勉強なんて、乱暴な言い方をすれば、現段階でわかっているものを習うことだ。もちろんそれを知ることは大事だけど、これからの時代は、その知識をベースに、問題を発見し解決することや、今あるものを組み合わせたり組み替えたりして、今までなかったものを新しく作り出すことが、さらに必要になるだろう。

そういう意味で、学校の勉強だけできたヤツ、要は言われたことをきちんと処理することしかできないヤツは、使えなくなっていくと思う。

ホント、負け惜しみではなく、いらねえもん、学歴なんか。マジ、気の利いたヤツがほしいよ、自分の所属事務所にも。

いや、ホントホント、いくら東大、京大、それこそハーバード大を卒業したって、気が利かなくて、仕事上においてイラッとさせられるヤツらが腐るほどいるじゃん。いくら頭の良い優等生ないい子ちゃんでも、〝学力〟がなけりゃ意味ねえって。

僕は本当は「城オタク」ではない

その話で思い出すのが、２０１６年の大ヒット映画『シン・ゴジラ』だ。この映画を劇場で見てて、思わず笑ってしまったシーンがある。

ゴジラが本土に攻め入った時に、官邸は生物などの専門家を呼び寄せ、対策を練ろうとしたのだが、これがまったく役に立たない。自分の知識に執着する専門家ばかりで、その知識の外側にいる未確認巨大生物のゴジラについては、何ひとつ有効な意見も手立ても提案できなかったのだ。

有効なアイデアが出るだろうと期待する官邸に対し、ゴジラは専門外ですからと仏頂面する専門家の先生方。その対比に笑ってしまった。

僕は自慢じゃないが、彼らのような専門家ではないから、何事においても知識は浅い。深く研究をしないタイプの人間だと言っていい。芸事に対して、たいして追求もしていないから、深みがないと思ってる。上澄みだけの人生だとも言えるのかもしれない。ホント、薄っぺらいと言えば、薄っぺらい。でも、楽しく生きていきたいという根本があるせいか、そんなことあまり気にはしてない。

それでも、例えば、お城には詳しいんじゃないのって思うかもしれない。2016年には「国宝・松江城」を広めるために、松江観光大使にも任命されたけど、実はそれでも別に深くはないんだよねえ。「城オタク」と思われるのは、ちょっと違うんだ。以前、城好き有名人対談ってことで、歌舞伎の故・坂東三津五郎さんとお話をさせていただいたことがあるんだけど、三津五郎さんの城に対する愛情や知識、見識の深さはスゴかった。

城はなぜ存在したかという掘り下げ方からして違いすぎた。あの時は三津五郎さんと対談なんて恐れ多すぎると恥ずかしくなったし、失礼だったと思った。僕なんか、お城ってなんか楽しそうだよねってレベルだから。

“善意の押しつけ”は始末が悪い

それでも全国各地のお城には足を運んでいる。その際にいつも思うのは、お城の解説をしてくれるボランティアのオジサン。あらんかぎりの知識を絞り出して、観光客に話してくれる。ありがたいことだと感謝しつつ、そんなになんでもかんでも知識の押しつけはいかがなものかと思ったりもする。

だって、この城はこんないわれがありウンヌンと説明されるよりは、パッとお城を見た感情のまま、悠久の時に思いを巡らせたい人もいるわけで。そこには解説なんかいらないかもしれないのだ。また、お城を見上げ、その瞬間、天守の向こうに広がる蒼《あお》い空に自分は何を思うかのほうが、お城のウンチクより大切なんじゃないかなと思ったりして。その景色の記憶が、その人の宝物になることもあったりするわけだし。

もちろん、オジサンたちは良かれと思ってやっているんだろうけど、ときにそれは〝善意の押しつけ〟にもなりかねない。そして、その善意ってのが、悪気がないだけに始末が悪いんだよなあ。断りづらいし、下手に断ると逆ギレされかねない。

それはともかく、ゴジラの専門家たちの話じゃないけど、知識に囚《とら》われ、執着するあまり、豊かな発想や新しい発見にたどり着けないことは意外とあると思う。知識がある分、思い込みが邪魔をすることもあるだろうし。

その点、僕なんか、すべてに薄っぺらいけども、ときどき瞬間的に閃《ひらめ》いたことが真実に近いものだったりすることがよくある。それはきっと、専門的な知識が発想の足を引っ張らないからだろう。

ただし、やっぱ薄っぺらいから、当たるとしても10個のうちふたつくらいかな。でも、ふたつも当たれば十分じゃないですか。

自分を追いつめすぎないために、自分に適度にウソをつこう

何かが好きで、それをトコトン追求していく、知識を深めていく。それはそれで大事なことだと思う。ただ、僕はそんなタイプじゃない。

だから、さっき「自分を殺すのはアリか？」の結論でも言ったけど、僕って自分にウソをつくことがあるんだよね。いや、大ウソをつくと自分がイヤになるんで、適度なウソをつくってことなんだけど、これも物事を深く追求しないことと関係があると思う。

本当に悔しいことや、凹《へこ》んでしまうことにぶち当たった場合、「ま、そういうこともあるよ、今度はまた違った場所で力を発揮すればいいじゃん」と気持ちを散らすようにしている。それって単に自分と向き合うことを怖がっている弱腰野郎だろ、と思われるかもしれないが、それじゃ逆に聞きたい。

自分と正直に向かい合い、ダメな部分をとことん見つめて自分を追いつめた先に、何か

建設的な答えが待っているのか――。

逃げちゃう僕が言うのもナンだけど、そんなにいいことは待ってない気がするんだよね。もうひとりの自分が、自分がやれなかったこと、できなかったことを、わざわざ「これでもかっ！」と見せに来て、ダメ出ししてくるんだよ。そりゃもう、疲れ果てちゃうだけでしょ。

自分と向き合い、逃げずに結果を出せるのは、オリンピック級のアスリートや、プロスポーツ選手とか、一部のトップクラスの人たちぐらいのもんじゃないかな。彼らはもうひとりの自分と真正面から向き合い、「なぜ、自分はできないのか、やれないのか」を出発点にして、さらなる肉体的な強さや強靱《きょうじん》な精神力を求めようとするから、一流になれるんだろう。

僕はだから、良くない結果が出てしまった自分を、見て見ぬふりをすることもあるし、適当なウソを自分について、気持ちをどこかで紛らわせ、どんどん先に進んだほうがいいと思っているのだ。

だって、僕なんか所詮、何もない状態で山口から出てきた男だよ。食えなくてＯＬさんに、タバコとラーメン代を出してもらうようなヒモ生活を経験している男だよ。やれなくて当たり前、できなくて当然、でも、どこかにそのマイナスを補うところがあるはずだし、そこでプラスを積み重ねていきゃいいだけのこと。

そうやって、自分に〝適度〟なウソをつくのは悪いことじゃないと思う。あまり自分を追いつめすぎて自殺でもしたら、それこそ哀しすぎるでしょ。

童話『アリとキリギリス』が大嫌い

そういうヤツだから僕は、童話『ウサギとカメ』ではウサギに、『アリとキリギリス』では、もちろんキリギリスに共感するんだよなあ。

子供の頃から、地道にコツコツ働くことが大切なんだ的な絵本や物語が好きじゃない。読み聞かせされても、ちっとも頭にも心にも入ってこなかった。

だけど、多くの日本人はその手の話が大好きだ。教育上は正しいのかもしれないけども、真面目にコツコツと働き、何か壁にぶつかった時に、自分に軽いウソをついてもいいと知らない人たちは、次第に追いつめられていき、多大なるストレスを抱え込み、心も体も次第に病んでいくんじゃないかな。

僕らは「苦節何年」で何かを成し遂げた人の感動ストーリーが大好物だったりする。けど、「苦節何年」でも報われない人もいる。それも現実だ。でも、そういう人たちの明日への立ち向かい方を、実は親も先生もメディアもネットも伝えないし、教えてくれない。だから、報われないようなリスクのある人生ではなく、無難な道をすすめたがる。

僕はホント、『アリとキリギリス』みたいなお話が大嫌い。

老後のために今を犠牲にするな

アーティストの石井竜也さんも以前、メルマガでこんなことを言っていた。

「大人になってから、『アリとキリギリス』の話が嫌いになってしまった。というのも、あのキリギリスが自分に思えて仕方ないからなんだ。どうしてもオーバーラップしてしまう。アリさんが必死に働いている時にさ、キリギリスはバイオリンなんか弾いちゃって楽しそうにしている。それで冬になると、蓄えをしていなかったキリギリスはアリさんたちに施しをもらい生きのびれる……。

これって完全に俺じゃないかと思ったんだよ。

みなさんが必死に働いているのに、自分は好きな歌を歌い生活を成り立たせている。こんなに脆弱《ぜいじゃく》なことはない。だって、そうでしょう。例えば、第一次産業に従事されている方々がいなくなったら、俺たちは生活できないんだよ。だけど、俺のような歌を歌っている人間がいなくなっても、みんな生きていける。僕はお米も作っていないし、魚も獲ってこれない。牛や豚や鶏を飼育しているわけでもない。僕らのような職業は余暇みたいなもんで、生きていく上で絶対に必要かと言えば決してそうじゃない」

そんなことを石井さんが先輩の森山良子さんに話したら、森山さんは深いため息をついて、こう言ったそうだ。

「『石井さんは真面目だね。いいじゃない、私たちの音楽活動が余暇でも。その余暇で救われている人はたくさんいるのよ。荒波でしんどい作業をしている漁師さんが、石井さんの歌を鼻歌で歌って頑張れることだってあるだろうし。

一生懸命にアートの世界に挑戦しても、1回も入選できず心折れそうな夜に、私たちの歌で明日も生きていこうと思ってくれる人がいるかもしれないじゃない。実際に、そんなことがなかったとしても、私たちの音楽が誰かの役に立っているんだと、ウソでも自分に言い聞かせることって、生きていく知恵として大切だと思う』と言われた時は、随分と心が救われた」

そうだよ、生きていくのに必要な食べ物や着るモノを作るのは大事な仕事だけど、人生を豊かにするためには、実際に役に立つものだけじゃダメなんだよ。音楽や絵画、映画や文学、お笑いみたいなものも必要だし、そこに才能があるなら、その〝個〟を磨いて伸ばせる環境も必要だ。

それに、僕が『アリとキリギリス』の話が嫌いなのは、今を我慢して頑張って、そうしてる間に死んじゃったら元も子もないというか、老後のために今、お金を使わず貯《た》めるってどうなのよ？　って思うんだよね。やっぱ、今でしょ、今。

自分以外のものに依存するからストレスになる

日本人は、こういう童話でコツコツ働くことの大切さを推奨するくせに、一方でギャンブルも大好きだったりする。

街中にあれだけパチンコ店がある国は日本くらいだと思うんだけど、その上に、2016年の暮れには、たいした審議もせずに、あっという間にカジノ関連法案が衆議院本会議で可決してしまった。まあ、これも新しい金儲けの産業として、国や政治家が推してた話だけど、与党の公明党でさえ、ギャンブル依存が危険だと、法案成立に異議を唱えていたのに、あっさり約6時間で審議を終えて決まってしまった。

パチンコ依存でもなかなか抜け出せないのに、カジノまでできたら、さらに依存者が増えてしまうでしょ。どこぞの製紙メーカーの御曹司の例もあるし。パチンコ依存症の人に話を聞くと、朝起きた時点から、自分で自分に都合の良いウソをついているらしい。

今日だけ、1万円だけ使おう。1万円をスッたら、そこで絶対にストップして家に帰ろう。1万円ならまだ、スッてもなんとかなる。嫁にバレることもない。運よく3000円投資で確変を引き当てられるかもしれないじゃないか——。

しかし、現実は1万円を投資しても1回も当たらず、その時点で止《や》めるという自分への約束は反故《ほご》にされ、そこからまた自分で自分に都合の良いウソをつき、気がつくと3万円をスッてしまい、明日の生活費を考えると呆然《ぼうぜん》とするしかない状況となっている。

それでもまた、朝を迎えたら自分で自分にウソをつき、パチンコ店に足を運んでしまっていたりする。

依存症はやっぱ病気だね、こうなると。

まあ、みんな誰しも多かれ少なかれ、何かに依存しているとは思うけど。人って自分以外のものに依存しちゃうから、裏切られた時に怒ったり落ち込んだりする。パチンコに依存している人は、大負けしている時に目の前の台を憎むし、それでもいつか勝たせてくれるかもしれないと懲りずにお店に足を運ぶ。それでもまた、負ける。その繰り返し。まさにストレスの確変状態だ。

恋人に依存している人は、その人が自分の思うように接してくれないと、泣き叫んだりする。その修羅場を見て、さらに相手の心は離れ、ドン引きし、どんどんうまくいかなくなる。

よく、人気ドラマが終了した時に「なんとかロス」ってマスコミが騒ぐけど、これも依存症のひとつかもね。僕にはあれがまったく理解できないけど。ドラマが終わって心に空白とかって、どうなのよ。

日本の大問題【思考停止】と【依存体質】

日本人はもしかすると、基本的に依存しやすい性質だから、『ウサギとカメ』や『アリとキリギリス』みたいな話で、コツコツ働くことを教育されるのかな？　そう言えば日本人は勤勉だと言われるけど、僕からすればむしろ怠け者だと思う。臆病で怠け者。

シリコンバレーに行った時も思ったけど、アメリカの人たちは、本当によく働く。ガンガン動いてるなあと実感した。一方、日本人は臆病だから、まわりを見て、自分が外れてないかを確認して動く。当然、ひとりひとりの行動範囲は狭くなる。

人と同じように動いていると、ある意味ラクだから、自分でものを考えなくなる。人についていけばいいとなる。今、日本を覆う一番の大問題は、この【思考停止】と【依存体質】にあると思う。

第2章で、卵のパックに納まりやすい均一の人たちが作り出されているという話をした。それって、自分がどういう生き方をしていいのかわからないから、とりあえず友達と同じでいれば、何かあった時にお互いに傷を舐《な》め合えるし、それなりに安心なんだろう。

だけど、最終的には他の人と合わせていくのが苦しくなってくる。そりゃそうだよね、みんな卵のようにツルッと丸くはなってない。個性があるからいろんな凸凹がある。それがぶつかり合うなら居心地は悪くなるだろう。それでも、ひとりになるのが不安で怖いからなのか、パックの中に閉じこもったまま、さらなる〝同調ストレス〟にさいなまれる。

こういう人たちって、残念ながら自分で自分のルールを作れないんだな。小さい時から誰かに言われることに合わせてきた〝いい子〟だったから、大人になっても自分なりのルールの作り方がわからない。

自分はこういう生き方をしますっていうオリジナルのルールを作れれば、意外と他人の目や評価が気にならなくなるのに。他人のルールに従ったり、縛られていたりするせいで、多くの人たちが軽やかに動けずにしんどい思いばかりしている感じがする。実社会だけじゃなくネットにも縛られて……。

それをなんとかするためには、ラクじゃないけど、自分の頭で考えて悩むしかない。ちょっとだけ勇気を出して、覚悟を決めて、まわりと違うことに踏み出すしかない。繰り返しになるがそのためには〝個〟を見つけ、磨かなきゃいけない。そのうち自然と、自分だけのルールができて、他の人のやることなすことなんて気にならなくなってくるから。

疑問を持つと生きづらい。でも……

テレビタレントっていう枠は、前述してきたように、最近だんだん、どうでもよくなってきている。今の僕はもはや芸人でもない。〝芸人失格〟と言っていい。軽やかにどこにでも動いていける〝活動家〟と呼ばれるほうがしっくりくるかもしれない。だからといって、テロリストではないが。

そんな僕がこのところ強く願っているのは、多種多様な意見が飛び交う社会になればいいなっていうこと。

昔から日本人って強いリーダーが「右だ！」と言うと、それなりに右を向いちゃう。そうではなくて、右もあれば左もある。右斜め下も真下があってもいいよねっていうように、僕の活動を通しながら、多種多様性を持つってこんなにもワクワクするし、視野も広がるし、楽しいことなんだぜって、伝えていきたいとは思っているのだ。

そんなことを考えていたある日、僕はチェキっていうカメラを購入した。購入後に気づいたのだが、どうやらフィルムを交換する時に必要なボタンが備わっていなかったみたいだった。そこでサービスセンターに電話して「ボタンがないんで、それを送ってくれませんか」と告げると、担当者とこんな会話になった。

「いやあ、うちではそういうことやってないんですよね。とりあえず壊れているかどうかをこちらで確認後に修理しますから、商品を送ってもらえませんか」

「修理費っていかほど?」

「保証書はあります?」

「ないです」

「となると、平均で1万円くらいですかね」

「えっ、フィルムチェンジ用のボタンを取りつけるだけで1万円もするんですか?」

「はい、それがこちらのマニュアルなもんで」

なんだろう、この違和感は。1万円が惜しいわけじゃないが、僕はこんなマニュアルだらけの社会の中で生きているんだなって、つくづく思い知らされた。いつの間にか、くっだらねえシステムの中に取り込まれちゃっているというか。

いや、そもそも、このやり取りに疑問を持っちゃいけないのかもしれない、この国では。「そうですか、わかりました。それじゃボタンを取りつけてください。1万円払います」と、何も考えずに言わなければいけないのかも。そうしたほうがラクなのかも。

僕みたいに、システムに疑問を持ってしまうと生きづらいのだ。知らないほうが幸せだってこともあるし。

今こそ同調をハネのけ、バラバラの〝個〟になろう

だけど、そうやって何事にも疑問を持たず、国や、誰かが作ったシステムや制度やルールを、言われるまま信じて守って、そうやって【思考停止】と【依存体質】できたツケが、だんだんのしかかってきている気がするんだよね。特に最近の日本は。

ネットでの炎上だけじゃない。政治家や年寄りや上司が、下の人間からいろんなものを収奪していることもそうだし、若い人たちも大人しくそのレールやシステムや枠組みに、自ら組み込まれていっていることもそう。

日本がこのまま進んでいくことに、僕は全然いい未来が感じられないし、この空気やシ

ステムに、とてもじゃないが馴染《なじ》めない。そういう意味で僕は、昔から、そしてこれからも〝日本人失格〟なんだと思う。でも、それでストレスのない生き方ができているし、幸せに過ごせている。

日本という大きなシステムは変えられないけど、自分を変えることはできる。そして、同調圧力が強まってきている今の日本だからこそ、僕はみんなそれぞれの〝個〟を磨いて、バラバラに動いていったほうがいいと思う。

でないと、本当に日本はヤバイ気がするよ。

おわりに

まったぁ淳の野郎、偉そうな本を出しやがってよ、何が『日本人失格』だよ、『人間失格』の間違いじゃねえのかって毒づいている連中がたくさんいるんだろうなあ。けど、こうやってページを開いているということは、なんだよ、僕に興味があるってことじゃんか。みんな素直じゃないんだよねえ。

そう、何事も素直でなきゃ。

僕なんか何か疑問が湧き出てきたり、興味があることに関しては素直にいろんな人の意見や考え方を聞きたくなってしまう。本当に知りたいことに対しては真剣に耳を傾ける。そこで聞き出せた必要なものは、どんどん自分の中に取り込んじゃう。僕はほら、薄っぺらいから、貪欲に自分の成長の糧にしてしまいたいのだ。

本書の中でところどころに各ジャンルの賢者のみなさんの言葉を使わさせていただいたのも、僕のこの姿勢を素直に表現したかったから。

賢者のみなさんには心からの感謝を。

それから、最後にもうひとつ――。

伝教大師・最澄の言葉『一隅《いちぐう》を照らす』を用いたのも、〝個〟を磨く重要性を多くの人に伝えることができたらなって思ったから。

第4章でも説明したように、自分で自分の〝個〟を磨くということは、〝自分が何者であるか〟を知る取っかかりにもなるわけで。〝自分を知る〟ということは、自分の可能性を知ることにもつながるし、今の日本人に一番、意識できていないことなのではないのかなと思ったわけ。

じゃあ、天空の神様から今、〝田村淳よ、お前は何者か〟と問われたら、

「すみません、神様、もうちょっと待ってください」

と答える。

なんでえ、お前こそ自分のことがわかってねえじゃんって、どこからかツッコミが聞こえてきそうだけども、いいじゃんねえ、知ろうとしている最中の自分を楽しんでいるんだからさ。今の時点で自分が何者かわかっちゃったら、つまんないでしょ、これから歩いて

いく人生の道のりが。

それでまあ、必死こいて常識にとらわれない田村淳の〝個〟を磨き続け、自分が果たして何者かと胸を張って言えるようになったら、その時はまた〝この場所〟に戻ってきたいと思っています。

最後の最後に。

本書に関わってくれた、すべての人たちにも感謝を。

田村　淳（たむら　あつし）

一九七三年、山口県生まれ。タレント「ロンドンブーツ1号2号」として『クイズ☆スター名鑑』など、テレビのバラエティ番組を中心に活躍。『ロンドンハーツ』シリーズが「子どもに見せたくない番組」八年連続一位に輝いたため、〝悪ガキ〟イメージがあるが、近年は『田村淳の訊きたい放題！』のMCを務め、政治・社会問題に関して積極的に発言したり、『ロンプク☆淳』『仙台☆淳』など地方局でも活動の幅を広げている。

集英社新書〇八六八B

日本人《にほんじん》失格《しっかく》

二〇一七年二月二二日　第一刷発行

著者……田村《たむら》　淳《あつし》

発行者……茨木政彦

発行所……株式会社集英社

東京都千代田区一ツ橋二-五-一〇　郵便番号一〇一-八〇五〇

電話　〇三-三二三〇-六三九一（編集部）
〇三-三二三〇-六〇八〇（読者係）
〇三-三二三〇-六三九三（販売部）書店専用

装幀……原　研哉

印刷所……凸版印刷株式会社

製本所……加藤製本株式会社

定価はカバーに表示してあります。

ISBN 978-4-08-720868-9 C0276

Printed in Japan

a pilot of wisdom

集英社新書　好評既刊

社会――B

携帯電磁波の人体影響	矢部 武
イスラム―癒しの知恵	内藤正典
モノ言う中国人	西本紫乃
二畳で豊かに住む	西 和夫
「オバサン」はなぜ嫌われるか	田中ひかる
新・ムラ論TOKYO	隈 研吾　清野由美
原発の闇を暴く	広瀬 隆　明石昇二郎
伊藤Pのモヤモヤ仕事術	伊藤隆行
電力と国家	佐高 信
愛国と憂国と売国	鈴木邦男
事実婚　新しい愛の形	渡辺淳一
福島第一原発―真相と展望	アーニー・ガンダーセン
没落する文明	萱野稔人　神里達博
人が死なない防災	片田敏孝
イギリスの不思議と謎	金谷展雄
妻と別れたい男たち	三浦 展
「最悪」の核施設　六ヶ所再処理工場	小出裕章　渡辺満久　明石昇二郎
ナビゲーション「位置情報」が世界を変える	山本 昇
視線がこわい	上野 玲
「独裁」入門	香山リカ
吉永小百合、オックスフォード大学で原爆詩を読む	早川敦子
原発ゼロ社会へ！　新エネルギー論	広瀬 隆
エリート×アウトロー　世直し対談	堀田 力　玄 秀盛
自転車が街を変える	秋山岳志
原発、いのち、日本人	浅田次郎　藤原新也 ほか
「知」の挑戦　本と新聞の大学Ⅰ	一色 清　姜 尚中 ほか
「知」の挑戦　本と新聞の大学Ⅱ	一色 清　姜 尚中 ほか
東海・東南海・南海　巨大連動地震	高嶋哲夫
千曲川ワインバレー　新しい農業への視点	玉村豊男
教養の力　東大駒場で学ぶこと	斎藤兆史
消されゆくチベット	渡辺一枝
爆笑問題と考える　いじめという怪物	太田 光　NHK「探検バクモン」取材班
部長、その恋愛はセクハラです！	牟田和恵

a pilot of wisdom

モバイルハウス 三万円で家をつくる　坂口恭平
東海村・村長の「脱原発」論　村上達也 神保哲生
「助けて」と言える国へ　奥田知志 茂木健一郎
わるいやつら　宇都宮健児
ルポ「中国製品」の闇　鈴木譲仁
スポーツの品格　桑田真澄 佐山和夫
ザ・タイガース 世界はボクらを待っていた　磯前順一
ミツバチ大量死は警告する　岡田幹治
本当に役に立つ「汚染地図」　沢野伸浩
「闇学」入門　中野純
100年後の人々へ　小出裕章
リニア新幹線 巨大プロジェクトの「真実」　橋山禮治郎
人間って何ですか?　夢枕獏 ほか
東アジアの危機「本と新聞の大学」講義録　一色清 姜尚中 ほか
不敵のジャーナリスト 筑紫哲也の流儀と思想　佐高信
騒乱、混乱、波乱! ありえない中国　小林史憲
なぜか結果を出す人の理由　野村克也

イスラム戦争 中東崩壊と欧米の敗北　内藤正典
刑務所改革 社会的コストの視点から　沢登文治
沖縄の米軍基地「県外移設」を考える　高橋哲哉
日本の大問題「10年後を考える」――「本と新聞の大学」講義録　一色清 姜尚中 ほか
原発訴訟が社会を変える　河合弘之
奇跡の村 地方は「人」で再生する　相川俊英
日本の犬猫は幸せか 動物保護施設アークの25年　エリザベス・オリバー
おとなの始末　落合恵子
性のタブーのない日本　橋本治
ジャーナリストはなぜ「戦場」へ行くのか ―取材現場からの自己検証　危険地報道を考えるジャーナリストの会・編
医療再生 日本とアメリカの現場から　大木隆生
ブームをつくる 人がみずから動く仕組み　殿村美樹
「18歳選挙権」で社会はどう変わるか　林大介
3・11後の叛乱 反原連・しばき隊・SEALDs　笠井潔 野間易通
「戦後80年」はあるのか ――「本と新聞の大学」講義録　一色清 姜尚中 ほか
非モテの品格 男にとって「弱さ」とは何か　杉田俊介
「イスラム国」はテロの元凶ではない グローバル・ジハードという幻想　川上泰徳

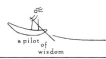

集英社新書　好評既刊

哲学・思想――C

ブッダは、なぜ子を捨てたか　山折哲雄
憲法九条を世界遺産に　太田光／中沢新一
悪魔のささやき　加賀乙彦
「狂い」のすすめ　ひろさちや
偶然のチカラ　植島啓司
日本の行く道　橋本治
新個人主義のすすめ　林望
イカの哲学　中沢新一／波多野一郎
「世逃げ」のすすめ　ひろさちや
悩む力　姜尚中
夫婦の格式　橋田壽賀子
神と仏の風景「こころの道」　廣川勝美
無の道を生きる――禅の辻説法　有馬頼底
新左翼とロスジェネ　鈴木英生
虚人のすすめ　康芳夫
自由をつくる 自在に生きる　森博嗣
不幸な国の幸福論　加賀乙彦
創るセンス 工作の思考　森博嗣
天皇とアメリカ　吉見俊哉／テッサ・モーリス-スズキ
努力しない生き方　桜井章一
いい人ぶらずに生きてみよう　千玄室
不幸になる生き方　勝間和代
生きるチカラ　植島啓司
必生《ひっせい》 闘う仏教　佐々井秀嶺
韓国人の作法　金栄勲
強く生きるために読む古典　岡敦
自分探しと楽しさについて　森博嗣
人生はうしろ向きに　南條竹則
日本の大転換　中沢新一
実存と構造　三田誠広
空《くう》の智慧、科学のこころ　ダライ・ラマ十四世／茂木健一郎
小さな「悟り」を積み重ねる　アルボムッレ・スマナサーラ
科学と宗教と死　加賀乙彦

a pilot of wisdom

犠牲のシステム　福島・沖縄　高橋哲哉
気の持ちようの幸福論　小島慶子
日本の聖地ベスト100　植島啓司
続・悩む力　姜尚中
心を癒す言葉の花束　アルフォンス・デーケン
自分を抱きしめてあげたい日に　落合恵子
その未来はどうなの？　橋本治
荒天の武学　内田樹／光岡英稔
武術と医術　人を活かすメソッド　甲野善紀／小池弘人
不安が力になる　ジョン・キム
冷泉家　八〇〇年の「守る力」　冷泉貴実子
世界と闘う「読書術」　思想を鍛える一〇〇〇冊　佐高信／佐藤優
心の力　姜尚中
一神教と国家　イスラーム、キリスト教、ユダヤ教　内田樹／中田考
伝える極意　長井鞠子
それでも僕は前を向く　大橋巨泉
体を使って心をおさめる　修験道入門　田中利典

百歳の力　篠田桃紅
釈迦とイエス　真理は一つ　三田誠広
ブッダをたずねて　仏教二五〇〇年の歴史　立川武蔵
「おっぱい」は好きなだけ吸うがいい　加島祥造
イスラーム　生と死と聖戦　中田考
アウトサイダーの幸福論　ロバート・ハリス
進みながら強くなる　――欲望道徳論　鹿島茂
科学の危機　金森修
出家的人生のすすめ　佐々木閑
科学者は戦争で何をしたか　益川敏英
悪の力　姜尚中
生存教室　ディストピアを生き抜くために　内田樹／光岡英稔
ルバイヤートの謎　ペルシア詩が誘う考古の世界　金子民雄
感情で釣られる人々　なぜ理性は負け続けるのか　堀内進之介
永六輔の伝言　僕が愛した「芸と反骨」　矢崎泰久 編
淡々と生きる　100歳プロゴルファーの人生哲学　内田棟
若者よ、猛省しなさい　下重暁子

集英社新書　好評既刊

文芸・芸術――F

臨機応答・変問自在2	森　博嗣
超ブルーノート入門	中山康樹
短編小説のレシピ	阿刀田高
パリと七つの美術館	星野知子
天才アラーキー　写真ノ時間	荒木経惟
プルーストを読む	鈴木道彦
フランス映画史の誘惑	中条省平
ピカソ	瀬木慎一
超ブルーノート入門　完結編	中山康樹
ジョイスを読む	結城英雄
余白の美　酒井田柿右衛門	十四代酒井田柿右衛門
父の文章教室	花村萬月
日本の古代語を探る	西郷信綱
古本買い　十八番勝負	嵐山光三郎
必笑小咄《こばなし》のテクニック	米原万里
小説家が読むドストエフスキー	加賀乙彦
喜劇の手法　笑いのしくみを探る	喜志哲雄
永井荷風という生き方	松本　哉
クワタを聴け！	中山康樹
米原万里の「愛の法則」	米原万里
官能小説の奥義	永田守弘
日本人のことば	粟津則雄
宮澤賢治　あるサラリーマンの生と死	佐藤竜一
寂聴と磨く「源氏力」全五十四帖一気読み！	「百万人の源氏物語」委員会編
現代アート、超入門！	藤田令伊
江戸のセンス	荒井　修　いとうせいこう
俺のロック・ステディ	花村萬月
マイルス・デイヴィス　青の時代	中山康樹
現代アートを買おう！	宮津大輔
小説家という職業	森　博嗣
美術館をめぐる対話	西沢立衛
音楽で人は輝く	樋口裕一
オーケストラ大国アメリカ	山田真一

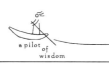

a pilot of wisdom

集英社新書 好評既刊

在日二世の記憶
小熊英二／髙賛侑／高秀美 編 0857-D
「一世」以上に運命とアイデンティティの問いに翻弄された「二世」50人の人生の足跡。近現代史の第一級資料。

中央銀行は持ちこたえられるか ——忍び寄る「経済敗戦」の足音
河村小百合 0858-A
デフレ脱却のため異次元緩和に邁進する政府・日銀。この政策が国民にもたらす悲劇的結末を示す警告の書。

シリーズ〈本と日本史〉① 『日本書紀』の呪縛
吉田一彦 0859-D
当時の権力者によって作られた「正典」を、最新の歴史学の知見をもとに読み解く『日本書紀』研究の決定版！

チョコレートはなぜ美味しいのか
上野 聡 0860-G
微粒子の結晶構造を解析し「食感」の理想形を追究する食品物理学。「美味しさ」の謎を最先端科学で解明。

すべての疲労は脳が原因2〈超実践編〉
梶本修身 0861-I
前作で解説した疲労のメカニズムを、今回は「食事」「睡眠」「環境」から予防・解消する方法を紹介する。

「イスラム国」はテロの元凶ではない グローバル・ジハードという幻想
川上泰徳 0862-B
世界中に拡散するテロ。その責任は「イスラム国」ではなく欧米にあることを一連のテロを分析し立証する。

安吾のことば 「正直に生き抜く」ためのヒント
藤沢 周 編 0863-F
昭和の激動期に痛烈なフレーズを発信した坂口安吾。今だからこそ読むべき言葉を、同郷の作家が徹底解説。

シリーズ〈本と日本史〉③ 中世の声と文字 親鸞の手紙と『平家物語』
大隅和雄 0864-D
「声」が「文字」として書き留められ成立した中世文化の誕生の背景を、日本中世史学の泰斗が解き明かす。

近代天皇論 ——「神聖」か、「象徴」か
片山杜秀／島薗 進 0865-A
天皇のあり方しだいで日本の近代が吹き飛ぶ！気鋭の政治学者と国家神道研究の泰斗が、新しい天皇像を描く。

若者よ、猛省しなさい
下重暁子 0866-C
『家族という病』の著者による初の若者論。若者へエールを送り、親・上司世代へも向き合い方を指南する。

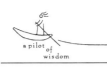